vmn

Josef Rauch

Rickeracke

Ein
›Max und Moritz‹-Krimi

vmn
Verlag M. Naumann

Copyright by
Verlag M. Naumann, vmn, Nidderau, 2008
Lektorat: Natascha Becker, Nidderau

Druck: Aalexx Druck GmbH, Großburgwedel

1. Auflage 2008

Bibliografische Information der Deutschen Nationalbibliothek
Die Deutsche Nationalbibliothek verzeichnet diese Publikation
in der Deutschen Nationalbibliografie; detaillierte bibliografische
Daten sind im Internet über http://dnb.ddb.de abrufbar.

ISBN 978-3-940168-27-6

Ach, was muss man oft von bösen
Kindern hören oder lesen!
Wie zum Beispiel hier von diesen,
Welche Max und Moritz hießen;
Die, anstatt durch weise Lehren
Sich zum Guten zu bekehren,
Oftmals noch darüber lachten
Und sich heimlich lustig machten. –
– Ja, zur Übeltätigkeit,
Ja, dazu ist man bereit! –
– Menschen necken, Tiere quälen,
Äpfel, Birnen, Zwetschen stehlen –
Das ist freilich angenehmer
Und dazu auch viel bequemer,
Als in Kirche oder Schule
Festzusitzen auf dem Stuhle. –
– Aber wehe, wehe, wehe!
Wenn ich auf das Ende sehe! –
– Ach, das war ein schlimmes Ding,
Wie es Max und Moritz ging.
– Drum ist hier, was sie getrieben,
Abgemalt und aufgeschrieben.

(Wilhelm Busch: ›Max und Moritz‹)

Wenn es ein Ende der Welt gab, dann fuhr ich geradewegs darauf zu. Der Weg zu meiner Klientin hatte mich zunächst aus der Großstadt auf die Autobahn geführt, dann auf einer holprigen Landstraße durch eine Reihe von Dörfern, die immer kleiner wurden, je länger die Fahrt dauerte. Nachdem ich die letzte mickrige Häuseransammlung hinter mir gelassen hatte, steuerte ich nun auf etwas, das man mit viel Fantasie und einem ausgeprägten Abstraktionsvermögen als eine Art Feldweg bezeichnen konnte, durch einen dunklen, dichten Wald, der ungefähr die Ausmaße Sibiriens zu haben schien, meinem Ziel entgegen.

Alles hatte damit begonnen, dass ich am Nachmittag einen Anruf in meinem Büro erhalten hatte. Am Apparat war eine Bäuerin, die mir aufgeregt erzählte, dass auf ihrem Hof mehrere Hühner ermordet worden seien, und dass sie mich engagieren wolle, um den Täter zu ermitteln. Ich hatte in meinem Berufsleben als Privatdetektiv durchaus schon mit tierischen Fällen zu tun gehabt, hatte nach entlaufenen Hunden und Katzen gesucht im Auftrag von Leuten, denen die Vierbeiner als Kinderersatz und Lebensinhalt dienen mussten, aber die Aufklärung eines Geflügelmassakers war selbst für mich eine Novität. Ich hätte die Sache abgelehnt, wenn mein Wartezimmer mit solventen Kunden überfüllt gewesen wäre, aber die einzigen Lebewesen, die es in letzter Zeit bevölkerten, waren einige dicke, langbeinige Spinnen, die hier offenbar einen idealen Ort gefunden hatten, an dem sie ungestört weitläufige Netze anlegen konnten. Nachdem ich mich kurz mit meinem aktuellen Kontoauszug beraten hatte, sagte ich zu und machte mich auf den Weg.

Als der Wald endlich endete, hatte ich das Gefühl, eine ganze Epoche darin verbracht zu haben. Der Wald grenzte an einen kleinen Fluss, der eine schlammige Brühe führte, die mit Wasser nur noch eine entfernte Ähnlichkeit hatte. Jenseits des Flusses erblickte ich meinen Zielort: einen Einöd-Bauernhof, für den man diese Bezeichnung erfunden zu haben schien. Links und rechts neben dem Hof erstreckten sich Äcker, Felder und Wiesen, soweit das Auge reichte. Dahinter hätte sich mit Sicherheit der Rand der Erdscheibe befunden, wenn denn die Erde eine Scheibe gewesen wäre.

Über den Fluss, der weder besonders breit noch besonders tief war, führte eine hölzerne Brücke, die ungefähr so vertrauenserweckend aussah wie ein schmierig grinsender Mafioso, der gerade einen Schalldämpfer auf eine Kleinkaliberpistole schraubte, und beim Überqueren krachte es unter meinem Wagen, als würde ich eine Schneckenhaussammlung platt fahren. Nichtsdestotrotz kam ich wohlbehalten am anderen Ufer an und rollte auf den Bauernhof zu.

Der Einödhof bestand aus drei großen Gebäuden, die U-förmig angelegt waren. Ich parkte mein Auto in der Mitte des uneben gepflasterten und von Staub und Dreck bedeckten Platzes, der von den drei Häusern eingerahmt wurde, und stieg aus. Ich wurde sofort vom ortsansässigen Empfangskomitee begrüßt: Ein vielköpfiger Schwarm fetter, schwarzer Schmeißfliegen stürzte sich auf mich und umschwirrte meinen Kopf, als hätte ich bei der morgendlichen Dusche Haarshampoo mit Jaucheduft verwendet. Ich verscheuchte die Biester mit wilden Handbewegungen, die einem Epileptiker im Anfallsstadium alle Ehre gemacht hätten, und sah mich um. Mir war klar, dass ein landwirtschaftlicher Betrieb keine geschleckte piekfeine Luxusimmobilie war, aber dieser Bauernhof war verwahrloster und heruntergekommener als jeder andere, den ich zuvor gesehen hatte. Alle drei Bauten waren in einem desaströsen und ruinösen Zustand, alles an ihnen war ramponiert und kaputt und verrottet und vom Verfall gezeichnet; sie standen da, wie uralte todkranke Wracks, die im Endstadium ihres Daseins angelangt waren und sich vor Schwäche kaum mehr auf den Beinen halten konnten.

Da ich keine Menschenseele sichten konnte, ging ich auf ein Gebäude zu, das mir das Wohnhaus zu sein schien. Es war ein schmuckloses, einstöckiges Steinhaus. Dass seine Wände nicht glatt, sondern mit beulenartigen Ausbuchtungen übersät waren, und der schmutzig-graue Putz, der irgendwann vor Menschengedenken vielleicht sogar einmal weiß gewesen sein mochte, an vielen Stellen großflächig abgeblättert war, verlieh seiner Fassade ein hässliches und geradezu pockennarbiges Aussehen. Das Dach saß schief und fast wellenförmig auf dem Haus, die Ziegel hatten unterschiedlichste Größen und Formen, viele waren zerbrochen. Es gab nur wenige kleine Fenster, und die schwarzen wurmstichigen Fensterläden, die sie einrahmten, wirkten wie Trauerflor. Da ich keine Klingel finden konnte, drückte ich auf die gusseiserne Klinke der schweren hölzernen Haustür. Es war nicht abgeschlossen, und die Türe öffnete sich mit einem lang gezogenen markerschütternden Quietschen, das vermuten ließ, dass die Scharniere zuletzt im Präkambrium geölt worden waren.

Ich betrat einen schmalen, mehrere Meter langen Flur, an dessen Ende eine Holztreppe in das obere Stockwerk führte. Der Boden des Flures bestand aus kalten, abgenutzten Steinplatten, und die Wände waren völlig kahl, wenn man von den zwei Türen absah, die sich etwa in der Mitte des Ganges befanden, auf jeder Seite eine.

Da die beiden Türen nahezu identisch aussahen und weder die eine noch die andere einen Hinweis darauf enthielt, was sich hinter ihr befand, warf ich den Zufallsgenerator an, und der ließ es mich zunächst mit der linken Tür versuchen. Ich klopfte, wartete auf eine Reaktion, und als keine kam, öffnete ich. Ich musste nicht lange nachforschen, um festzustellen, dass ich in der Küche gelandet war. Zentrales Mobiliar des Raumes war ein wuchtiger, altertümlicher Herd. Er hatte eine große, schwarze, eiserne Kochplatte, mehrere Schub- und Ziehfächer aus verkratztem weißem Email und ein dickes graues Ofenrohr, das von der Herdplatte fast bis zur Decke hoch reichte, kurz davor aber einen rechtwinkligen Knick machte und dann bis zu einem Loch in der Wand verlief. Der Herd stand auf einem Steinboden, und an der Wand dahinter hatte man Kacheln angebracht, von denen die meisten Risse und Sprünge aufwiesen. An der Wand neben dem Herd hingen mehrere lange, stümperhaft zusammengedrechselte Holzregale, auf denen allerlei Töpfe, Pfannen, Schüsseln und sonstige Kochutensilien standen, und an rostigen Nägeln, die krumm in die Wand geschlagen worden waren, baumelten Messer, Beile, Siebe und Kellen. Hinter der Küche schien sich eine Art Vorratsraum zu befinden, dessen Tür offenstand, sodass ich sehen konnte, dass dort in einem großen türlosen Schrank allerlei Dosen, Fässer, Flaschen, Bottiche, Büchsen, Behälter und Einmachgläser lagerten, in denen vermutlich haltbar gemachte Lebensmittel aufbewahrt wurden. Was ich allerdings nicht sah, waren die Bewohner des Hofes, und deshalb schloss ich die Küchentür wieder, um auf der gegenüberliegenden Seite des Flures mein Glück zu versuchen.

Ich klopfte gegen die zweite Tür und öffnete sie diesmal, ohne erst lange abzuwarten. Vor mir lag unzweifelhaft die Stube des Bauernhauses. Sowohl ihr Fußboden als auch die Decke waren aus Holz gezimmert, und man konnte den Raum nicht betreten, ohne sich durch ein geräuschvolles, gequält klingendes Knarren der Dielenbretter zu verraten. Drei der vier Wände hatten Fenster, sodass man eigentlich grell leuchtende Helligkeit erwartet hätte, aber da die dicken Fenstergläser entweder so getrübt oder so verdreckt oder so eingestaubt waren, dass kaum Licht von außen ins Innere einfallen konnte, war der Raum in eine schwermütige Düsternis getaucht. Die Stube war ziemlich groß und geräumig, und der Umstand, dass die wenigen darin befindlichen Möbelstücke regelrecht an die Wände gedrängt worden waren und die Mitte gänzlich frei blieb, verlieh dem Raum eine eigenartige Kargheit und Leere. Die einzigen Einrichtungsgegenstände waren eine kleine Couch mit abgewetzter Lederpolsterung, die neben einem massiven Kachelofen stand, eine in der hinteren Ecke befindliche Sitzgruppe, bestehend aus einem großen plumpen Holztisch und einigen einfachen Holzstühlen, sowie eine hölzerne Sitzbank, die entlang der gesamten vier Wände und auch um den Ofen herum verlief und lediglich von der Tür unterbrochen wurde. An den verschmutzten Wänden hingen ein blasser Spiegel, eine stehen gebliebene Uhr, ein veralterter Kalender und ein nacktes Kreuz, ansonsten waren sie völlig kahl. Von der Decke baumelten eine einsame Glühbirne und ein Fliegenfänger, an dem Hunderte kleiner schwarzer Leichen klebten. Ich hatte mir eine Bauernstube immer als Idyll der Gemütlichkeit vorgestellt, aber an diesem Ort war es ungefähr so gemütlich wie in einer Gruft.

Was das Ganze dann doch von einer echten Gruft unterschied, war die durchaus erfreuliche Tatsache, dass sich lebendige Menschen darin aufhielten. Es waren drei Personen, die auf den Stühlen um die Eckbank saßen, und es wäre nicht gerade verwegen gewesen, darauf zu wetten, dass es sich dabei um das Bauernehepaar und dessen Tochter handelte.

Der Bauer war ein massiger Fleischkoloss, sowohl groß als auch breit, wobei schwer zu unterscheiden war, welche seiner Körperpakete Fett und welche Muskeln waren. Er hatte eine grobschlächtige Visage, an der alles wulstig war: die Nase, die Lippen, die Backen, die Ohren. Sein schweinsfarbenes Gesicht war übersät von borstigen Bartstoppeln, seine Nasenlöcher waren so groß, dass man in jedem bequem einen Tischtennisball hätte verstecken können, und sein Gebiss hatte eine frappierende Ähnlichkeit mit einem Steinbruch, in dem man gnadenlosen Raubbau betrieben hatte. Die wenigen Haarbüschel, die auf seinem gewaltigen Schädel überlebt hatten, waren vorzeitig ergraut, und der getrocknete Schweiß, der in ihnen hing und sie zu einer wüsten Struwwelpeter-Frisur aufstellte, legte den Verdacht nahe, dass sie seltener Wasser abbekamen als die Sahara. Bekleidet war der Bauer mit Hose und Jacke. Beide Kleidungsstücke waren so speckig, dass man sie wahrscheinlich nicht nur hinlegen, sondern auch hinstellen konnte, und welche Farbe sie bei ihrer Herstellung in der Jungsteinzeit gehabt hatten, ließ sich beim besten Willen nicht mehr ermitteln. An seinen schweren klobigen Stiefeln schien noch der Dreck zu kleben, der beim Urknall aufgewirbelt worden war. Er hielt ein Messer in der Hand, das scharf genug zu sein schien, um einen Tyrannosaurus Rex obduzieren zu können, und schnitzte damit an einem unförmigen Stück Holz herum. Mein Eintreten schien ihn weniger zu interessieren als der Todeskampf eines am klebrigen Fliegenfänger festgepappten Insekts.

Die Bäuerin, meine Klientin, kämpfte in der gleichen Gewichtsklasse wie ihr Mann. Sie hatte nicht etwa zu viele Rundungen, die an den falschen Stellen saßen, sie war vielmehr ein einziges Rund. Immerhin passte sie mit dieser Figur perfekt in das sackartige Gebilde, das sie als Kleidung trug. Über den Sack hatte sie eine fleckige, zerrissene Schürze geschnürt, anhand derer man den Speiseplan der letzten Woche hätte rekonstruieren können, wenn man ein paar von den daran festgetrockneten Essensresten als Untersuchungsproben abgekratzt hätte. Ihre Haare lagen unter einem tief in die Stirn gezogenen Kopftuch verborgen. Ihr Gesicht war so lang wie das einer Kuh und hatte denselben dümmlich-naiven Ausdruck; das einzig Markante darin war eine Warze, die den Größenvergleich mit der Nase nur denkbar knapp verlor. Sie war gerade damit beschäftigt, eine Socke zu stopfen, für die meiner Ansicht nach jede Hilfe zu spät kam. Als ich den Raum betrat, glotzte sie mich an, als wäre gerade ein Elefant im Ballettröckchen zur Tür hereingekommen.

Die Tochter war altersmäßig schwierig einzuschätzen; entweder war sie ein jugendlich aussehendes Kind oder ein kindlich aussehender Teenager. Schwer zu sagen, ob sie die Pubertät noch vor sich hatte oder schon mitten drin steckte. Was der Schöpfer großzügig an ihre Eltern verteilt hatte, hatte er bei ihr eingespart. Sie hatte die schlanke, grazile Figur eines Rehs, und genauso schüchtern blickte sie auch drein, mit großen Kulleraugen, die sich hinter einem Schleier aus langen, dünnen, strähnigen Haaren, die über ihr schmales Gesicht fielen, versteckten. Sie trug abgelatschte Turnschuhe, eine verwaschene löchrige Jeans und einen Pullover, dessen Annahme die Altkleidersammlung offenbar verweigert hatte. Sie war so weit über ein Buch gebeugt, dass sie die Seiten fast mit der Nasenspitze berührte, und schien ganz in die Lektüre vertieft zu sein. Bei meinem Eintreten warf sie mir einen kurzen scheuen Blick zu, um sich danach gleich wieder mit ihrem Buch zu befassen.

Ich ging zu der Sitzgruppe, schnappte mir einen freien Stuhl und nahm Platz. Da die Bäuerin die einzige Person war, die meiner Anwesenheit eine gewisse Aufmerksamkeit schenkte, und da sie außerdem diejenige sein musste, die mich am Telefon engagiert hatte, wandte ich mich mit meiner Begrüßungsansprache explizit an sie.

»So, da bin ich also. Nette Gegend hier. Eigentlich kaum zu glauben, dass in so einer idyllischen Umgebung ein Hühnermörder sein Unwesen treiben soll.«

Die Bäuerin erwiderte nichts, sondern blickte unschlüssig zwischen ihrem Mann und mir hin und her. Nach einer Weile legte ich die Stirn in Falten.

»Sie erinnern sich doch, oder? Sie haben mich angerufen. Ich bin der knallharte und superschlaue Privatdetektiv, den Sie bestellt haben, um Ihren Hähnchenkiller zu suchen.«

Keine Reaktion. Die Bäuerin hatte mittlerweile den Blickkontakt mit mir eingestellt und starrte nur noch das Stück Holz an, an dem ihr Gatte herumschnitzte. Für den Bauer war ich so existent wie der Mann im Mond. Ich versuchte es mit guter Miene zum bösen Spiel.

»Oder taucht jetzt vielleicht gleich der Moderator auf

und zeigt mir, in welche versteckte Kamera ich lächeln soll? Wenn ja, dann herzlichen Glückwunsch! Super Idee, das mit den ermordeten Hühnern. Da muss man erst einmal einen Blödmann finden, der darauf hereinfällt! Hühnermord auf dem Bauernhof, der von einem Privatdetektiv aufgeklärt werden soll! Selten so gelacht!«

Ich hob meinen linken Arm und kitzelte mich mit der rechten Hand unter der Achsel. Der Bauer stierte mich an, als hätte ich ihm gerade etwas in einem mongolischen Stammesdialekt erzählt. Dass er mich überhaupt anschaute, war ein Quantensprung in unserer Beziehung. Und als Krönung sprach er dann sogar noch – zwar nicht mit mir, aber immerhin über mich.

»Was für ein Unfug, einen Schnüffler herzuholen. Als ob wir das nicht alleine klären könnten. Ich möchte wissen, was du dir dabei gedacht hast, Weib!«

Er warf seiner Frau einen vorwurfsvollen Blick zu, der so giftig war, dass die Dosis gereicht hätte, um ein ausgewachsenes Mammut zu erledigen. Ich hob beschwichtigend die Hände.

»Hey, Leute, keine Aufregung! Ich zwinge meine Dienste niemandem auf. Kommt immer wieder mal vor, dass es sich ein Kunde im letzten Moment doch noch anders überlegt und den Schwanz wieder einzieht. Keine Feindschaft deswegen. Ich verschwinde ganz einfach wieder, und damit ich noch die gute Tat für den heutigen Tag verbuchen kann, verzichte ich sogar darauf, Ihnen die Kosten für Anfahrt und verlorene Arbeitszeit in Rechnung zu stellen. War eben eine nette Ausfahrt aufs Land. Gut für die Atemwege, die Luft hier. Schönes Leben noch.«

Und ich machte Anstalten, mich zu erheben.

»Bleiben Sie sitzen!«

Die Bäuerin hatte eine tiefe Bassstimme, in der wenig

Weiblichkeit lag. Man hörte solche Stimmen üblicherweise über Kasernenhöfe schallen. Ich leistete ihrer Bitte Folge und blieb sitzen.

»Es waren unsere besten und produktivsten Hühner. Es waren meine Lieblingshühner. Und sie sind vorsätzlich und kaltblütig ermordet worden.«

Nun war die Bäuerin an der Reihe, ihren Mann mit einem vernichtenden Blick zu durchbohren. Ich verglich die beiden Blicke miteinander. Heraus kam ein hart umkämpftes, aber letztendlich leistungsgerechtes Unentschieden.

»Außerdem: Wie willst DU denn das aufklären? Willst DU vielleicht ins Dorf fahren und die Leute ausfragen?«

Ich verstand den tieferen Sinn dieser Argumentation zwar nicht so ganz, aber sie schien zumindest überzeugend zu sein, denn der Bauer wandte sich wieder seiner Schnitzerei zu und machte keinerlei Anstalten mehr, mich abwimmeln zu wollen. Die Bäuerin faltete ihre Hände, als wolle sie ein Stoßgebet an den Allmächtigen senden.

»Sie müssen sich um die Sache kümmern. Ein abgrundtief böser Mensch hat uns eine himmelschreiende Gemeinheit angetan. Eine so teuflische Tat darf nicht ungesühnt bleiben.«

Sie guckte mich mit ihren großen Kuhaugen erwartungsvoll an. Ich zuckte mit den Schultern.

»Ich werde sehen, was ich tun kann. Zunächst einmal muss ich wissen, um was es überhaupt konkret geht. Erst dann kann ich Ihnen sagen, ob es Sinn macht, Ermittlungen anzustellen. Wenn ja, müssten wir auch noch die finanzielle Seite klären.«

Sie nickte verständnisvoll.

»Natürlich. Kommen Sie mit, ich zeige Ihnen den

Tatort. Ich habe alles so gelassen, wie ich es heute Mittag vorgefunden habe. Damit Sie sich ein genaues Bild von dem Verbrechen machen können. Und um keine Spuren zu verwischen.«

Die Bäuerin stand auf und steuerte die Tür an, ich folgte ihr. Wir gingen nach draußen und quer über den Hof zu dem Gebäude, das rechtwinklig zum Wohnhaus stand. Es war ein lang gezogener, eintöniger Steinbau mit vielen Fenstern, Türen, Toren, Luken, Klappen und Gittern, der selbst für einen Laien unschwer als Stall zu identifizieren war. Auch bei diesem Haus war an vielen Stellen der Putz abgebröckelt, sodass die morschen Holzbalken und die groben Gesteinsbrocken, aus denen die Wände bestanden, freilagen wie Knochen und Muskeln bei einer tiefen hässlichen Fleischwunde. Das Dach war großflächig mit Vogelscheiße überzogen und sah damit aus, als wäre es von einer ekelhaften Hautkrankheit befallen. Je näher man dem Stall kam, umso lauter schwoll das Konzert an, das aus dem Inneren drang – eine schrille, unmelodische, disharmonische Symphonie aus dem Muhen von Kühen, dem Wiehern von Pferden, dem Quieken von Schweinen, dem Blöken von Schafen, dem Meckern von Ziegen, dem Gackern von Hühnern und dem Schnattern von Gänsen und Enten. Dazu mischten sich dann auch noch die Geräusche der Tiere, deren Quartiere draußen vor dem Stall lagen: das Bellen aus der Hundehütte, das Gurren aus dem Taubenschlag, das Summen aus dem Bienenstock. Lediglich die Insassen des Hasenkäfigs knabberten kaum hörbar vor sich hin. Der obere Teil des Stalles schien als Lagerplatz für Getreide und andere pflanzliche Felderträge zu dienen, denn durch die großen Öffnungen im Dach, zu denen Leitern und Förderbänder führten, konnte man die Heu- und Strohballen erkennen, die auf dem Dachboden standen. Direkt vor dem Stall befand sich ein Pumpbrunnen, zu dessen Füßen eine alte blecherne Badewanne lag, die als Tränke diente. Neben dem Brunnen standen verschiedene, mit Futter gefüllte Näpfe und Tröge. Und dann gab es natürlich noch den obligatorischen Misthaufen, in dessen Spitze dekorativ eine Mistgabel steckte.

Die Bäuerin führte mich zu einem Platz zwischen Misthaufen und Stall. Dort tummelte sich eine Schar Hühner, unter die sich auch ein fetter schwarzer Kater gemischt hatte. Die Hühner waren vollauf damit beschäftigt, auf dem steinigen, ausgedörrten Boden herumzupicken und nach Essbarem zu suchen, und schienen sich nicht die Bohne für ihre vier toten Artgenossen zu interessieren, die zwischen ihnen herumlagen. Sie schienen noch nicht einmal sonderlich davon beeindruckt zu sein, dass sie nicht nur einfach irgendwie herumlagen, sondern mit ihren Leichen ein makabres Stillleben gestaltet worden war. Nachdem der Täter die Hühner offenbar durch Halsumdrehen getötet hatte, wie sich aus ihrer abnormen Kopfstellung unschwer ersehen ließ, hatte er um ihre Hälse Schnüre gebunden, diese in der Mitte zusammengeknotet und das Ganze kreuzförmig ausgelegt. Mit anderen Worten, vor mir auf dem Boden lag ein großes, aus Seilen gebildetes X, dessen vier Enden jeweils von einer Hühnerleiche verlängert wurden. Ein Arrangement, das irgendwie pervers aussah.

Die Bäuerin schüttelte den Kopf.

»Wer so etwas tut, muss doch krank im Kopf sein, oder?«

Ich musste unwillkürlich nicken. Ich konnte meinen Blick nur schwer von der grausigen Szenerie auf dem Boden losreißen. Es war diese morbide Faszination, die von allem Schrecklichen ausging, die mich für einen kurzen Moment fesselte. Als ich meine Augen endlich wieder auf die Bäuerin richtete, sah ich den erwartungsvollen Ausdruck in ihrem Gesicht.

»Und – können Sie schon irgendetwas sagen?«

Ich runzelte die Stirn.

»Wie meinen Sie das?«

»Na ja, Sie haben jetzt den Tatort gesehen und die Leichen, und sicherlich sind Ihnen auch Spuren und Indizien aufgefallen, aus denen Sie Ihre Rückschlüsse ziehen können.«

Ich musste mich zusammenreißen, um nicht lauthals loszulachen. Frau Bäuerin hatte ausgesprochen romantische Vorstellungen vom Detektivgewerbe. Sie erwartete einen blasierten Sherlock Holmes mit der Fähigkeit, allein aus der Betrachtung eines Pickels im Gesicht einer Person schlussfolgern zu können, wie alt diese Person war, welchen Beruf sie ausübte, wo sie ihre Kindheit verbracht hatte, wie ihre Unterhose aussah und auf welche Weise es ihr vor dreizehn Jahren gelungen war, auf einem abgelegenen Landsitz eine alte Lady in einem von innen abgeschlossenen Raum zu ermorden. Wenn es hier je Spuren gegeben haben sollte – es konnte auf diesem brettharten Boden eigentlich gar keine geben – wären sie schon längst wieder von den herumscharrenden Hühnern verwischt worden, die Schnüre gab es wahrscheinlich in jedem Supermarkt zwischen hier und Dnjepropetrowsk zu kaufen, und einem Huhn den Kopf umdrehen konnte jeder zwischen 9 und 90, der nicht künstlich beatmet auf der Intensivstation lag. Aber ich wollte kein Spielverderber sein.

»Natürlich. Ich kenne sogar schon den Täter.«

Die Kinnlade fiel ihr herunter, und sie glotzte mich an.

»Und wer war das Schwein?«

»Von den Schweinen war es keines. Aber Sie sind schon nahe dran.«

Ich deutete auf den Kater, der immer noch zwischen den Hühnern herumschlich.

»Schauen Sie sich ihn doch an: ein klassischer Serienmörder, der schon nach den nächsten Opfern sucht. Tatmotiv wahrscheinlich Minderwertigkeitskomplexe, weil die Hühner als Eierlieferanten angesehener sind und mehr geliebt werden, als er.«

Sie schenkte mir einen Blick, der nicht etwa wütend war, sondern eher deprimiert. In diesem Moment wurde mir zum ersten Mal bewusst, dass sie tatsächlich aufrichtig um die getöteten Tiere trauerte, und zwar so, wie man üblicherweise nur um einen verstorbenen Menschen trauerte, der einem sehr nahe gestanden hatte.

»Sie machen sich über mich lustig. Dabei handelt es sich hier um eine todernste Angelegenheit.«

Ich starrte das Gemetzel zu meinen Füßen an. Ich wusste nicht, ob ich der Bäuerin zustimmen oder widersprechen sollte. Ich wusste überhaupt nicht, was ich von der ganzen Sache eigentlich halten sollte. Einerseits waren es nur tote Hühner, und jedes Huhn starb früher oder später eines unnatürlichen Todes, um seine natürliche Bestimmung als Mittagessen zu erfüllen und seine letzte Reise in die Imbissbude oder die Betriebskantine anzutreten. Andererseits wirkte diese Aktion hier fast so, als wäre sie wie eine rituelle Hinrichtung zelebriert worden, und war eindeutig zu abartig und zu bizarr, als dass man sie als normale und bedeutungslose Tiertötung hätte abtun können.

»Tut mir leid. War nur ein missglückter Versuch, das Gesehene zu verarbeiten. Leute in meinem Job neigen zu schrägen Späßen und schwarzem Humor. Sie haben vollkommen recht: Diese Geschichte ist wahrlich nicht witzig.«

Und das meinte ich auch so. Was allerdings nicht heißen musste, dass auch der Täter das so sah. Vielleicht ganz im Gegenteil. Ein Gedanke schwirrte schon seit dem ersten Anblick der toten Tiere durch meine Gehirnwindungen, und ich wurde ihn nicht los: Diese ganze Hühnergeschichte kam mir irgendwie bekannt vor. Ich wurde das Gefühl nicht los, dass ich von genau dieser Tötungsmethode schon einmal irgendwo gehört oder gelesen hatte. Aber wo? Mir wollte es verdammt noch mal nicht einfallen, obwohl ich minutenlang auf Teufel komm raus auf meinem Erinnerungsvermögen herumtrampelte. Ohne Erfolg. Als ich schon aufgeben wollte, machte es plötzlich ›klick‹, und das Langzeitgedächtnis spuckte die gewünschte Information aus. Ich packte die Bäuerin so ruckartig am Arm, dass sie vor Schreck zurückzuckte.

»Sagen Sie – haben Sie zufällig ein Buch von Wilhelm Busch im Haus? Ein Buch, in dem ›Max und Moritz‹ drin ist?«

Sie gaffte mich verdattert an.

»Was wollen Sie denn damit? Was soll denn das mit unseren Hühnern zu tun haben?«

»Ich weiß es noch nicht. Vielleicht gar nichts. Ist nur so eine vage Idee. Haben Sie nun das Buch oder nicht?«

Sie kratzte sich an der Stirn, als wollte sie damit die Gehirnzellen zur Denktätigkeit stimulieren.

»Keine Ahnung. Mein Mann und ich, wir lesen eigentlich gar nicht. Haben auch gar keine Zeit dazu. Aber die Tochter, die ist eine richtige Leseratte. Hat ihre Nase dauernd in einem Buch stecken – auch wenn sie eigentlich was arbeiten sollte. Die hat in ihrem Zimmer eine Menge alter Schmöker herumstehen. Vielleicht ist es da ja zufällig dabei. Sie können ja mal nachsehen.«

Wir gingen zurück ins Haus. In der Stube hatte sich nichts verändert: Der Bauer schnitzte immer noch an seinem Holzklotz, und die Tochter war weiterhin in ihr Buch versunken. Eine Szene, als hätte man beim Abspielen eines Filmes auf den Pausenknopf gedrückt, sodass man jetzt das immergleiche Standbild sah. Die Bäuerin trat zu ihrer Tochter und klappte ihr ohne Vorwarnung das Buch vor der Nase zu.

»Der Herr Detektiv sucht nach einem bestimmten Buch. Geh bitte mit ihm auf dein Zimmer und zeige ihm deine Sammlung.«

Die Tochter bedachte mich mit einem verärgerten Blick, da ich in ihren Augen offenbar schuld daran war, dass ihre Lektüre so abrupt beendet wurde. Sie stand auf und schlurfte mit demonstrativer Unlust aus der Stube. Ich folgte ihr. Die Reise führte über die Holztreppe, die mir beim Hochsteigen verdächtig danach klang, als könne sie jeden Moment auseinanderfallen, in das Obergeschoss. Beim Betrachten der Hinteransicht der Tochter fiel mir auf, dass die Klamotten, die sie trug, viel zu groß waren für ihre schmächtige Gestalt und ihr beim Gehen ständig um die dünnen Knochen schlackerten. Oben angekommen öffnete sie die erste Türe, und wir betraten ihr Zimmer.

Es war definitiv das seltsamste Kinderzimmer, das ich jemals gesehen hatte. Nicht etwa, weil darin irgendwelche ungewöhnlichen Dinge herumstanden, die eigentlich nicht in das Zimmer eines Kindes oder einer Jugendlichen gehörten – sondern weil darin einfach alle Dinge fehlten, die man in einem solchen Zimmer erwartet hätte. Das Zimmer platzte förmlich – vor Leere. Es gab ein Bett, einen Tisch, einen Stuhl, einen Schrank, und damit war Schluss. Es gab keine Spielsachen, keine Bilder, keine Poster, keinen Schmuck, keine Dekoration, es gab überhaupt keine Gegenstände, die dem Zimmer eine persönliche Note verliehen oder irgendwelche

Rückschlüsse auf seine Bewohnerin zuließen. Es hatte die Individualität eines möblierten Hotelzimmers und versprühte dieselbe kalte und seelenlose Atmosphäre. Es sah so bewohnt aus wie ein Museum, und nichts, aber auch gar nichts, deutete darauf hin, dass es sich hier um ein Kinderzimmer handelte.

Nichts – außer dem einzigen kleinen Luxus, den der Raum enthielt, und dem einzigen Indiz dafür, dass in diesen vier Wänden ein denkendes und fühlendes Wesen lebte. Auf einem einfachen Holzbrett an der ansonsten völlig kahlen Wand standen Bücher, mehrere Bücher, eine ganze Reihe von Büchern, man konnte tatsächlich von einer kleinen bescheidenen Sammlung sprechen. Ich schlenderte auf das kleine Regal zu und fragte die Tochter, die sich auf das Bett gesetzt hatte und gelangweilt an ihren Haaren herumfummelte, ob das ihre Bücher seien. Sie nickte. Dann fragte ich, ob ich sie mir mal ansehen dürfe. Sie nickte erneut. Schließlich wollte ich sie noch fragen, ob sie taubstumm geboren worden war und von meinen Lippen ablesen konnte, oder ob sie nur deshalb nicht sprechen konnte, weil sie gerade an einer akuten Stimmbänderentzündung litt, doch ich verkniff es mir. Stattdessen wandte ich mich den Büchern zu. Es waren allesamt alte, schwere, abgegriffene Schwarten, die sicherlich nicht neu erworben worden waren, sondern ganz so aussahen, als seien sie vom Sperrmüll geholt oder aus der Altpapiersammlung gezogen worden. Und inhaltlich waren es ausnahmslos Klassiker der Kinder- und Jugendliteratur, die alle schon viele Jahrzehnte oder gar Jahrhunderte auf dem Buckel hatten, darunter ›Alice im Wunderland‹, ›Die Biene Maja‹, ›Das Dschungelbuch‹, ›Emil und die Detektive‹, ›Gullivers Reisen‹, ›Heidi‹, ›Moby Dick‹, ›Oliver Twist‹, ›Peter Pan‹, ›Pinocchios Abenteuer‹, ›Pippi Langstrumpf‹, ›Die rote Zora‹, ›Robinson Crusoe‹ und ›Die Schatzinsel‹. Und es gab zu meiner großen Freude auch das, was ich zu finden gehofft hatte: ›Wilhelm Busch – Gesammelte Bildergeschichten‹. Ich zog den dicken Wälzer aus dem Regal und begann, darin zu blättern. Nach einer Weile fand ich die Geschichte, die mich interessierte. Ich ging, argwöhnisch beäugt von dem Mädchen, mit dem Buch durch das Zimmer, setzte mich auf den Stuhl – und las das erste Kapitel von Wilhelm Buschs Klassiker ›Max und Moritz‹.

ERSTER STREICH

Mancher gibt sich viele Müh
Mit dem lieben Federvieh;
Einesteils der Eier wegen,
Welche diese Vögel legen,
Zweitens: weil man dann und wann
Einen Braten essen kann;
Drittens aber nimmt man auch
Ihre Federn zum Gebrauch
In die Kissen und die Pfühle,
Denn man liegt nicht gerne kühle. –

Seht, da ist die Witwe Bolte,
Die das auch nicht gerne wollte.

Ihrer Hühner waren drei
Und ein stolzer Hahn dabei. –

Max und Moritz dachten nun:
Was ist hier jetzt wohl zu tun? –
– Ganz geschwinde, eins, zwei, drei,
Schneiden sie sich Brot entzwei,
In vier Teile, jedes Stück
Wie ein kleiner Finger dick.
Diese binden sie an Fäden,
Übers Kreuz, ein Stück an jeden,

Und verlegen sie genau
In den Hof der guten Frau. –

Kaum hat dies der Hahn gesehen,
Fängt er auch schon an zu krähen:
Kikeriki! Kikikerikih!! –
Tak tak tak! – da kommen sie.

Hahn und Hühner schlucken munter
Jedes ein Stück Brot hinunter;

Aber als sie sich besinnen,
Konnte keines recht von hinnen.

In die Kreuz und in die Quer
Reißen sie sich hin und her,

Flattern auf und in die Höh,
Ach herrje, herrjemine!

Ach, sie bleiben an dem langen
Dürren Ast des Baumes hangen. –
– Und ihr Hals wird lang und länger,
Ihr Gesang wird bang und bänger;

Jedes legt noch schnell ein Ei,
Und dann kommt der Tod herbei. –

Witwe Bolte, in der Kammer,
Hört im Bette diesen Jammer;

Ahnungsvoll tritt sie heraus:
Ach, was war das für ein Graus!

»Fließet aus dem Aug, ihr Tränen!
All mein Hoffen, all mein Sehnen,
Meines Lebens schönster Traum
Hängt an diesem Apfelbaum!«

Tief betrübt und sorgenschwer
Kriegt sie jetzt das Messer her;
Nimmt die Toten von den Strängen,
Daß sie so nicht länger hängen,

Und mit stummem Trauerblick
Kehrt sie in ihr Haus zurück. –

Dieses war der erste Streich,
Doch der zweite folgt sogleich.

VIER TOTE HÜHNER, die über gekreuzte Fäden miteinander verbunden waren – kein Wunder, dass mir der Fall, mit dessen Lösung mich die Bäuerin beauftragt hatte, irgendwie bekannt vorkam, erinnerte er doch frappierend an diesen ersten Streich aus ›Max und Moritz‹. Andererseits gab es bei aller vorhandenen Ähnlichkeit doch auch fundamentale Unterschiede. Konnte man den Tod der Hühner im Buch noch als Unfall durchgehen lassen, als tragische und vielleicht gar nicht gewollte Folge eines harmlosen Ärgerns des Federviehs, war es in der Realität das primäre Ziel des Täters gewesen, die Tiere zu ermorden; alles andere war nur nachträglich arrangiert worden. Aber wozu? Sollte damit tatsächlich an die ›Max und Moritz‹-Episode erinnert werden? Oder war ich mit diesem Ansatz auf dem Holzweg, und es hatte etwas völlig anderes zu bedeuten? Wenn es überhaupt etwas zu bedeuten hatte und nicht einfach nur schockieren sollte. Ich ließ die Beantwortung dieser Frage zunächst einmal in der Schwebe, klappte das Buch zu, stand auf und ging zurück zum Bücherbrett, behielt das Buch aber in der Hand. Ich betrachtete noch einmal die vorhandenen Titel und wandte mich dann der Tochter zu, die weiterhin auf dem Bett saß.

»Ich sehe gar keine Schulbücher in deinem Regal.«

»Ich gehe nicht mehr zur Schule.«

Sie hatte sich also tatsächlich dazu durchgerungen, verbal mit mir zu kommunizieren. Ein kleiner Schritt für einen Menschen, aber ein großer Schritt für meine Ermittlungstätigkeit.

»Und warum nicht?«

»Weil ich auf dem Hof arbeiten muss.«

»Aber man sollte die Schule mit einem Abschluss verlassen. Du siehst mir nicht alt genug aus, als dass du das schon geschafft haben könntest.«

»Ich habe auch keinen Schulabschluss. Und ich brauche auch keinen.«

»Und wie willst du dann jemals einen Beruf ausüben und Geld verdienen?«

»Ich werde doch später einmal den Hof übernehmen als einziges Kind.«

Dieser verqueren Logik hatte ich vorläufig nichts entgegenzusetzen, also wechselte ich das Thema.

»Hast du die Sache mit eueren Hühnern mitbekommen?«

»Klar.«

»Hast du eine Idee, wer sie getötet haben könnte?«

Sie grapschte in der Hosentasche ihrer Jeans herum, förderte einen vergammelten Streifen Kaugummi zutage, der schon seit Generationen in dieser ökologischen Nische zu verharren schien, wickelte ihn aus und schob ihn in den Mund.

»Ich weiß, wer die Hühner getötet hat.«

Ich ging zurück zum Stuhl und setzte mich ihr gegenüber.

»Interessant. Deine Eltern wissen es nämlich nicht. Deine Mutter hat mich extra hierher kommen lassen, damit ich es herausfinde. Dabei hätte sie anscheinend nur ihre Tochter fragen müssen.«

Sie zuckte mit den Achseln. Ich verschränkte die Arme und lehnte mich zurück.

»Also gut, dann pack mal aus – wer hat eure Hühner ermordet?«

Sie biss auf ihren Kaugummi ein, als wäre er derjenige, den sie dazu bringen musste, die Antwort auszuspucken.

»Die bösen Kinder aus dem Dorf.«

Ich musterte das Mädchen. Sie wirkte so nervös wie eine Jungfrau vor der Hochzeitsnacht.

»Du hast sie also bei der Tat beobachtet?«

Sie formte mit den Lippen eine große Kaugummiblase und blies sie solange auf, bis sie platzte.

»Nein.«

Meine kurzzeitige Hoffnung, den Fall gelöst zu haben, platzte genauso wie die Kaugummiblase. Ich stand auf und ging ein paar Schritte im Zimmer auf und ab.

»Und woher willst du dann wissen, dass es Kinder aus dem Dorf waren?«

Sie sammelte mit ihrer Zunge die Reste des geplatzten Kaugummis ein, die um ihren Mund herum pappten, und begann mit der Neuformung der pampigen Masse.

»Ich weiß es eben.«

Sie nahm den Kaugummiklumpen mit zwei Fingern aus dem Mund, betrachtete ihn, als könnte er ihr etwas über den Ursprung des Universums erzählen, warf ihn zurück in die Mundhöhle und schluckte ihn hinunter.

»Weil sie böse sind.«

Ich blieb vor dem Bett stehen, stützte mich mit den Händen auf die Stuhllehne und schaute nachdenklich auf das Mädchen hinab.

»Und warum sind sie böse?«

Die Tochter stand abrupt auf und marschierte zur Tür.

»Ich muss jetzt in den Stall.«

Weg war sie.

Ich verweilte noch einen Moment in dem Zimmer. In diesem seltsamen Kinderzimmer, das eher wie eine Gefängniszelle anmutete, und dessen Trostlosigkeit man wahrscheinlich nur entkommen konnte, wenn man sich in die Fantasiewelten der alten Bücher flüchtete. Dann verließ ich den Raum ebenfalls und ging hinunter in die Stube.

Dort saß die Bäuerin wieder auf ihrem Stuhl und

setzte die Reanimationsversuche an der Socke fort. Der Bauer hockte ebenfalls noch auf seinem Platz, doch statt des Holzklotzes bearbeiteten seine Hände jetzt einen großen Hund, der auf seinem Schoß lag und die Streicheleinheiten von Herrchen wohlwollend beknurrte. Die Tochter war nicht im Raum.

Die Bäuerin sah von ihrer Näharbeit hoch.

»Haben Sie das Buch gefunden?«

Erst jetzt wurde mir bewusst, dass ich das Busch-Werk immer noch in der Hand hielt.

»Ja.«

Die Bäuerin nickte, dann wandte sie sich wieder ihrer Socke zu und schenkte mir keine weitere Beachtung. Ich ging zur Sitzgruppe und ließ mich auf meinem Stammplatz nieder. Das Buch legte ich auf den Tisch. Ich beobachtete die beiden Eheleute eine Weile bei der Verrichtung ihrer Tätigkeiten. Sie schienen vollkommen zufrieden zu sein mit dem, was sie gerade taten. Sie schienen vergessen zu haben, dass ich anwesend war, dass man vier ihrer Eierlieferanten gekillt hatte, dass es eine Welt jenseits ihres Einödhofes gab. Adam und Eva im Paradies, vor dem Sündenfall, glücklich und unschuldig. Okay. Dann musste ich eben die Schlange spielen.

»Warum haben Sie Ihre Tochter von der Schule genommen? Glauben Sie nicht, dass es für sie besser wäre, wenn sie einen Schulabschluss hätte?«

Die Vertreibung aus dem Paradies funktionierte augenblicklich. Zumindest der Bauer verzog das Gesicht, als hätte er tatsächlich in einen sauren Apfel gebissen. Er gab dem Hund einen Klaps, dass dieser von seinem Schoß sprang, zum Ofen trottete und es sich dort gemütlich machte. Dann verschränkte der Mann die Arme und musterte mich mit unverhohlener Feindseligkeit.

»Was geht Sie das an, Schlüssellochgucker? Kommen

Sie etwa vom Jugendamt? Wenn ja, wo ist Ihr Ausweis? Wenn nein, mit welchem Recht mischen Sie sich in unsere Familienangelegenheiten ein? Es geht niemanden etwas an, wie wir unser Kind erziehen! Und Sie geht es einen Scheißdreck an, ob unsere Tochter noch in die Schule geht oder nicht. Außerdem muss man zum Lernen nicht unbedingt in die Schule gehen, man kann alles, was man fürs Leben wissen muss, auch zu Hause lernen, hier auf dem Hof.«

Er griff nach dem Schnitzmesser, das immer noch auf dem Tisch lag, und fuhr mit dem Zeigefinger die Klinge entlang, ganz so als wollte er testen, ob das Messer scharf genug und damit geeignet war, es mir zwischen die Schulterblätter zu stoßen.

»Ich mag Sie nicht, Schnüffler. Ich kann Schlaumeier wie Sie, die irgendeine Scheiße daherreden, obwohl sie soviel Ahnung haben wie ein Droschkengaul vom Klavierspielen, nicht ausstehen.«

Er legte das Messer zurück auf den Tisch. Dann nahm er den Holzklotz in seine mächtigen Pranken und betrachtete ihn mit der Skepsis des Schöpfers gegenüber dem Geschöpf. Er schien nicht zufrieden zu sein mit dem, was er geschaffen hatte, denn er knallte das Gebilde mit einem so harten Schlag auf den Tisch, dass man im Seismologischen Institut ein Erdbeben mittlerer Stärke registrieren würde. Ich besichtigte das Kunstwerk aus den Augenwinkeln und versuchte zu ergründen, was es eigentlich darstellen sollte. Ich kam zu dem Schluss, dass das unförmige Etwas am ehesten einer Puppenfigur ähnelte, aber die Hände des Bauern waren wahrscheinlich zu grob und zu kräftig, um etwas Feines und Zartes zu formen. Als der Bauer wieder sprach, hörte ich in seiner Stimme neben Wut auch Anklänge von Verletzlichkeit, Melancholie und Resignation.

»Wir haben unsere Tochter deshalb von der Schule genommen, weil man sie dort ständig nur gehänselt und gequält hat. Ihre feinen Mitschüler haben ihr zum Beispiel jeden Tag ins Gesicht gesagt, dass sie stinkt. Wer vom Bauernhof kommt und auch im Kuhstall mithelfen muss, riecht nun mal danach. Die Kinder in der Schule sind Sadisten. Die Schule war die Hölle für das Mädchen, und aus dieser Hölle haben wir sie befreit.«

Ich war geneigt, ihm das abzukaufen, da ich aus Erfahrung wusste, dass Kinder zueinander grausam sein konnten. Ich beschloss, nicht weiter auf der Schulsache herumzureiten und stattdessen wieder zum eigentlichen Thema überzuleiten.

»Ihre Tochter glaubt, dass böse Kinder aus dem Dorf die Hühner getötet haben.«

Der Bauer schüttelte unwirsch den Kopf.

»Es können genauso gut Erwachsene aus dem Dorf gewesen sein. Die Leute im Dorf mögen uns alle nicht; es macht ihnen Spaß, wenn sie uns Schaden zufügen können.«

Ich legte meine Hand auf das Busch-Buch und klopfte mit meinen Fingern einen kleinen rhythmischen Marsch auf den Einband.

»Ich glaube trotzdem eher, dass es Kinder waren. Die Tat erinnert an das erste Kapitel von ›Max und Moritz‹ und damit an einen Kinderstreich aus einem Kinderbuch.«

Der Bauer zog ein verärgertes Gesicht. Er war es offenkundig nicht gewohnt, dass man ihm widersprach. Er hatte die Faxen mit mir langsam aber sicher dicke.

»Dann waren es eben Kinder, das macht das Ganze auch nicht besser. Wahrscheinlich haben ihre Alten sie angestiftet.«

Ich versuchte meine nächste Frage so sanft klingen zu

lassen, als würde ich einem kleinen Katzenbaby ein Schälchen mit warmer Milch hinstellen.

»Wieso mögen die Leute aus dem Dorf Sie nicht?«

Er zuckte mit den Schultern.

»Weiß der Teufel. Vielleicht gefallen ihnen unsere Nasen nicht.«

Er funkelte mich zornig an, und der Choleriker, der zweifellos in ihm steckte, stand kurz vor dem Ausbruch.

»Aber ehrlich gesagt interessiert es mich auch einen Scheißdreck, was die Dörfler über uns denken, und ob sie uns mögen oder nicht. Wir brauchen dieses Pack nicht. Wir brauchen überhaupt keine anderen Leute. Alles, was wir brauchen, liefern uns der Fluss, der Wald, der Garten und die Äcker, Felder und Wiesen. Die Lebensmittel, die wir essen, ernten wir, und die meisten Gebrauchsgegenstände stellen wir selbst her. Und wenn ich mal Lust auf einen Festtagsbraten habe, dann muss ich mir den in keinem Feinkostgeschäft kaufen; ich gehe einfach in den Wald und schieße mir einen.«

Er verschränkte selbstbewusst die Arme, als wollte er damit demonstrativ seine Unabhängigkeit unterstreichen. Die Bäuerin hielt in ihrer Sockenstopfung inne und wandte sich an ihren Mann.

»In den nächsten Tagen musst du nicht in den Wald gehen. Wir müssen erst einmal die toten Hühner essen.«

Sie sah mich fragend an.

»Müssen die Tiere noch länger draußen liegen bleiben?«

»Nein. Ich habe genug gesehen.«

»Dann gehe ich sie jetzt holen.«

Sie erhob sich schwerfällig und schlurfte mit gesenktem Haupt aus der Stube. Eine Witwe, die gerade ihren Mann verloren hatte, hätte kein traurigeres Bild abgegeben. Ich schüttelte unwillkürlich den Kopf. Der Bauer schien es bemerkt zu haben.

»Meine Frau liebt ihre Hühner. Das hier hat sie hart getroffen. So hart, dass sie sogar einen Privatdetektiv anrufen musste, um die Sache aufklären zu lassen.«

Er machte eine kleine dramaturgische Pause und senkte dann seine Stimme um ein paar Oktaven, ums mir so richtig reinzudrücken.

»Aber ein Städter wie Sie, für den ein Tier nichts anderes ist als ein Nahrungsmittel, kann wahrscheinlich nicht begreifen, dass man ein lebendes Tier lieben und um ein totes trauern kann.«

Er wollte Krieg. Meinetwegen. Sollte er ihn haben.

»Ich habe nichts gegen Tiere und auch nichts gegen Tierfreunde. Aber ich habe in meinem Job schon zu viele Menschen erlebt, die ihre Tiere geliebt und ihre Kinder geschlagen haben.«

Das saß. Der Bauer zog eine beleidigte Schnute und gab ein paar Grunzlaute als Missfallensbekundung von sich. Das hätte ich ebenfalls gerne getan, denn auch mir missfiel einiges – nämlich dieser ganze verdammte Fall. Ich hatte die Schnauze voll davon, dauernd blöd angemacht zu werden und mich für meine Anwesenheit rechtfertigen zu müssen. Der Teufel sollte diese ganze psychopathische Familie mitsamt ihren beschissenen massakrierten Hühnern holen. Ich beschloss, noch die Rückkehr der Bäuerin abzuwarten, da sie schließlich meine Klientin war, und dann einen gepflegten Abgang hinzulegen. Um die Zeit bis dahin nicht trostloser werden zu lassen, als die Situation sowieso schon war, raffte ich mich zu dem Versuch auf, noch ein bisschen Small Talk mit dem Bauern zu betreiben. Nachdem er zunächst keinerlei Bock mehr auf Konversation zu haben schien, wurde er etwas zugänglicher, als ich Interesse an seinem Beruf heuchelte.

»Wie läuft denn die Landwirtschaft heutzutage so?«

»Zum Leben zu wenig und zum Sterben zu viel.«

»Hier ist das Wohnhaus und nebenan der Stall. Aber was befindet sich im dritten Gebäude?«

»Fahrzeuge, Geräte, Werkstatt, Schreinerei, Schmiede, Bierbrauerei, Schnapsbrennerei und Backstube. Ein Gebäude für die Menschen, ein Gebäude für die Tiere, ein Gebäude für die Dinge. Und dann gibt es ein Stück weiter unten am Fluss noch die Mühle. Dort mahlen wir das Getreide.«

»Sie mahlen, schreinern, schmieden, brauen, brennen, backen – gibt es auch irgendetwas, das Sie nicht machen?«

Er reckte seine stolzgeschwellte Brust nach vorne.

»Ich habe Ihnen doch schon gesagt, dass wir Selbstversorger sind. Außer ein paar Werkzeugen und Maschinen müssen wir praktisch nichts kaufen. Wir holen uns alles von unserem Land: Aus dem Brunnen Wasser, aus dem Fluss Fische, aus dem Wald Holz, Pilze, Beeren und Wild, aus dem Garten Gemüse, Kräuter, Blumen und Heilpflanzen, von den Bäumen Obst, Früchte und Nüsse, von den Feldern Kartoffeln, Getreide, Rüben, Hopfen, Wein und Tabak. Die Kühe, Schweine, Hühner, Gänse, Enten, Schafe, Hasen, Ziegen und Bienen liefern uns Fleisch, Milch, Eier, Federn, Leder, Schmalz, Wolle, Honig und Wachs. Wir stellen alle Lebensmittel selbst her: Marmeladen, Säfte, Wurst, Schnaps, Wein, Bier, Essig, Zucker, Speiseöl, Käse, Quark, Butter, Sahne, Eis. Unten in der Mühle mahlen wir unser eigenes Mehl und backen daraus Brot und Brötchen und Brezen und ...«

Plötzlich wurde die Stubentür aufgerissen, und die Bäuerin stürmte herein. Sie konnte sich schneller bewegen, als man es ihr aufgrund ihrer Fettleibigkeit zugetraut hätte, und kam gerade noch kurz vor der Tischkante zum Stehen. Dass sie keine trainierte Kurzstreckenläuferin war, konnte man an dem Schweiß erkennen, der ihr in breiten Bächen über das Gesicht lief. Ihr dicker Kopf war so rot, dass man befürchten musste, er könnte jeden Moment platzen. Sie musste erst nach Luft schnappen, als sei sie gerade von einem Ausflug zum Meeresgrund ohne Sauerstoffflasche aufgetaucht, ehe sie ihre Botschaft herauspressen konnte.

»Die ... Hühner ... sind ... verschwunden!«

Ich war zu irritiert, um etwas Intelligenteres von mir zu geben als eine blöde Frage.

»Welche Hühner?«

Sie hatte jetzt genug Luft getankt, um richtig laut losschreien zu können.

»Die ermordeten! Wir haben sie doch vorhin nicht angerührt! Wir haben sie doch liegen lassen! Und jetzt sind sie weg!«

Der Bauer ergriff eine Hand seiner Frau.

»Wahrscheinlich hat die Kleine die Hühner weggeräumt.«

Sie schob die Hand ihres Mannes mit einer groben Bewegung von sich, als wäre sie ein bösartiges Insekt.

»Nein, eben nicht! Ich habe sie gleich gefragt, aber sie war's nicht! Sie war die ganze Zeit im Stall beim Ausmisten.«

Ihre Stimme steigerte sich zu einem hysterischen Kreischen.

»Sie sind noch hier! Die Mörder sind noch hier! Sie schleichen um den Hof herum! Sie wollen uns ein Unheil zufügen!«

Sie rückte so nahe an mich heran, dass ich meinen Kopf etwas zur Seite drehen musste, um dem Erstickungstod zu entgehen.

»Sie müssen sie finden und unschädlich machen, bevor sie noch unseren Hof anzünden oder uns alle umbringen!«

Ich lehnte mich ein Stück zurück und betrachtete die Bäuerin, die vor mir stand und mich mit großen, angstgeweiteten Augen anstarrte, als wären die vier apokalyptischen Reiter hinter ihr her und als wäre ich der heldenhafte edle Ritter, der sie als Einziger davor bewahren könnte, ihnen in die Hände zu fallen. Doch ich gab ihr keine Antwort. Stattdessen griff ich mir das Buch vom Tisch und suchte die Stelle, an der ich zuvor gelesen hatte. Da ich das Lesebändchen eingelegt hatte, fand ich sie auch gleich.

Zweiter Streich

Als die gute Witwe Bolte
Sich von ihrem Schmerz erholte,
Dachte sie so hin und her,
Daß es wohl das beste wär,
Die Verstorbnen, die hienieden
Schon so frühe abgeschieden,
Ganz im stillen und in Ehren
Gut gebraten zu verzehren. –
– Freilich war die Trauer groß,
Als sie nun so nackt und bloß
Abgerupft am Herde lagen,
Sie, die einst in schönen Tagen
Bald im Hofe, bald im Garten
Lebensfroh im Sande scharrten. –

Ach, Frau Bolte weint aufs neu,
Und der Spitz steht auch dabei.
Max und Moritz rochen dieses;
»Schnell aufs Dach gekrochen!« hieß es.

Durch den Schornstein mit Vergnügen
Sehen sie die Hühner liegen,
Die schon ohne Kopf und Gurgeln
Lieblich in der Pfanne schmurgeln. –

Eben geht mit einem Teller
Witwe Bolte in den Keller,

Daß sie von dem Sauerkohle
Eine Portion sich hole,
Wofür sie besonders schwärmt,
Wenn er wieder aufgewärmt. –

– Unterdessen auf dem Dache
Ist man tätig bei der Sache.
Max hat schon mit Vorbedacht
Eine Angel mitgebracht. –

Schnupdiwup! da wird nach oben
Schon ein Huhn heraufgehoben.
Schnupdiwup! jetzt Numro zwei;
Schnupdiwup! jetzt Numro drei;
Und jetzt kommt noch Numro vier:
Schnupdiwup! dich haben wir! –
– Zwar der Spitz sah es genau,
Und er bellt: Rawau! Rawau!

Aber schon sind sie ganz munter
Fort und von dem Dach herunter. –

– Na! Das wird Spektakel geben,
Denn Frau Bolte kommt soeben;

Angewurzelt stand sie da,
Als sie nach der Pfanne sah.

Alle Hühner waren fort –
»Spitz!« – das war ihr erstes Wort. –

»Oh, du Spitz, du Ungetüm! –
Aber wart! ich komme ihm!«

Mit dem Löffel, groß und schwer,
Geht es über Spitzen her;
Laut ertönt sein Wehgeschrei,
Denn er fühlt sich schuldenfrei. –

– Max und Moritz, im Verstecke,
Schnarchen aber an der Hecke,
Und vom ganzen Hühnerschmaus
Guckt nur noch ein Bein heraus. –

Dieses war der zweite Streich,
Doch der dritte folgt sogleich.

Ich legte das Buch zurück auf den Tisch.

»Vorhin hatte ich noch meine Zweifel, aber jetzt ist alles klar. Die Parallelen sind zu deutlich, als dass es sich um einen Zufall handeln könnte. Im ersten Kapitel werden die Hühner getötet, und im zweiten werden sie dann gestohlen.«

Ich blickte zur Bäuerin hoch, die sich keinen Millimeter bewegt hatte und immer noch direkt vor mir stand.

»Der Fall ist hiermit aufgeklärt. Es gibt da anscheinend ein paar Kinder, die versuchen, ein paar Streiche aus ›Max und Moritz‹ nachzuspielen. Das ist kein Fall, in dem man einen Privatdetektiv beschäftigen muss. Ich bin teuer, also sparen Sie sich Ihr sauer erwirtschaftetes Geld. Da ich den Auftrag noch gar nicht offiziell angenommen habe, sind Sie mir auch nichts schuldig. Ich mache mich wieder vom Acker, und Sie versohlen den Bälgern einfach mal kräftig den Hintern, wenn Sie sie erwischen. Ich wünsche noch einen schönen Resttag.«

Ich rückte mit meinem Stuhl nach hinten, stand auf und wollte zur Tür gehen, doch die Bäuerin stellte sich mir in den Weg. Was ein ernst zu nehmendes Problem darstellte, denn wenn ich den Umweg um sie herum nehmen musste, würde ich die Türe nicht vor Einbruch der Dunkelheit erreichen. Zu allem Überfluss pflanzte sie mir auch noch ihre großen Tatzen auf meinen schmalen Brustkorb, und ich glaubte, das Brechen einiger Rippen zu spüren.

»Nein, Sie dürfen nicht einfach gehen! Sie müssen den Auftrag annehmen! Bitte! Der Fall ist doch nicht aufgeklärt! Wir kennen die Täter doch nicht! Ob es nun Kinder sind, ob es keine Kinder sind – man will uns etwas

Böses antun! Das dürfen Sie doch nicht einfach zulassen! Wir brauchen Ihre Hilfe!«

Ich nahm ihre Hände von meiner Brust und gab sie ihr zurück.

»Ihr Mann ist da anderer Ansicht. Er hat mir gerade unmissverständlich klargemacht, dass Sie hier draußen praktisch völlig autark leben, und dass Sie niemandes Hilfe brauchen – und schon gar nicht die eines Privatdetektivs. Sie trotzen bei Ihrer täglichen Arbeit den übelsten Naturgewalten, da werden Sie doch wohl mit ein paar ungezogenen Dreikäsehochs klarkommen. Und noch ein Tipp, Frau Bäuerin: Wenn Sie das nächste Mal einen Besuch auf Ihren Hof einladen, sollten Sie das zuvor mit Ihrem werten Gatten absprechen. Ich habe nämlich festgestellt, dass er gegen Fremde jeglicher Art und gegen jede Einmischung von außen ausgesprochen allergisch reagiert.«

Ich versuchte sie wegzudrücken, doch genauso gut hätte ich versuchen können, einen gestrandeten Blauwal beiseitezuschieben. Also machte ich mich doch auf die lange Reise an ihr vorbei und gelangte schließlich irgendwann zur Stubentür. Ich verließ das Bauernhaus, ging zu meinem Wagen, stieg ein und brauste davon.

Inzwischen hatte die Nacht begonnen, sich langsam, aber unaufhaltsam über das Land zu senken, und die Tageshelle wurde mehr und mehr von der Abenddämmerung vertrieben. Ich schaltete das Licht ein und fuhr vorbei an von Stacheldrahtzäunen umgebenen Weiden, vorbei an einer furchterregenden Vogelscheuche, die, vom Wind gebeutelt, einen wilden Veitstanz vollführte und mich dabei hämisch anzugrinsen schien, auf die Brücke zu. Beim Überqueren gab sie wieder die krachenden Geräusche von sich, die klangen, als würde ich ihr gerade die Knochen brechen. Das hätte mich nicht weiter gestört. Was mich hingegen störte, war die Tatsache, dass das Gewicht meines Wagens offenbar tatsächlich die hölzernen Knochen der Brücke brach. Ich versuchte noch eine Vollbremsung, mit der ich aber um ein paar Jahrhunderte zu spät kam: Die Brücke sackte unter dem Auto weg wie ein von einem Herzinfarkt getroffener Rentner.

Als ich merkte, dass sich die Fahrtrichtung von geradeaus nach vorne in schräg nach unten geändert hatte, schloss ich die Augen. Es dauerte nur einen kurzen Moment, bis die Kiste stillstand und das Gefühl des Fallens wieder vorbei war, aber mir kam er so lange vor wie der Dreißigjährige Krieg. Ich öffnete die Augen wieder und sondierte die Lage. Die Brücke war in der Mitte regelrecht durchgebrochen und in den Fluss hineingekracht. Mein Wagen stand auf der schräg ins Wasser hängenden Brückenhälfte und ragte mit den Vorderreifen und dem Kühler ein Stück in das zum Glück offensichtlich ziemlich seichte Wasser hinein. Die gute Nachricht in dieser Situation war, dass ich bei der Vollbremsung nicht durch die Windschutzscheibe in den Fluss geschleudert worden war, sondern nach wie vor trocken und unversehrt hinter dem Steuer meines Fahrzeugs saß. Die schlechte Nachricht war, dass alle Versuche scheiterten, mit dem Rückwärtsgang nach hinten hinaufzufahren. Ich konnte spontan nicht ergründen, ob es daran lag, dass meine Vorderreifen auf dem Flussbett aufsaßen, oder ob die Brücke insgesamt so demoliert war, dass es für meine Hinterreifen keinen Halt mehr gab. Tatsache war, dass ich feststeckte. Ich stieß ein paar Flüche aus, mit denen ich auch die letzte Chance verspielte, mich vielleicht über die Zwischenstation des Fegefeuers doch noch für die angenehmere Variante der beiden jenseitigen Optionen Himmel und Hölle zu qualifizieren, kletterte aus dem Wagen, krabbelte an den verbliebenen Brückenbrettern hoch an Land und marschierte zu Fuß zurück zum Einödhof.

Als ich die Stube betrat, überfiel mich einen Moment lang das beklemmende Gefühl, in eine Zeitschleife geraten zu sein. Denn mir bot sich exakt das gleiche Bild wie bei meinem ersten Auftritt: Alle drei Familienmitglieder saßen auf ihren angestammten Plätzen am Tisch, und alle drei gingen derselben Beschäftigung nach, wie zuvor: Der Bauer fügte einer Holzfigur mit dem Messer Schnittverletzungen zu, die Bäuerin stach mit der Nähnadel auf ein Kleidungsstück ein, und die Tochter, die sich wieder zu ihren Eltern gesellt hatte, hielt eines der Bücher aus ihrem Regal gefangen. Was das lupenreine Déjà-vu-Erlebnis ein wenig trübte, waren die ungläubigen Blicke, mit denen sie mein offenbar unerwartetes Comeback quittierten. Ich steuerte den Platz an, den ich mir schon angewärmt hatte, griff mir das Busch-Buch, das immer noch auf dem Tisch lag, und suchte das dritte Kapitel von ›Max und Moritz‹. Niemand sprach ein Wort, während ich es las.

DRITTER STREICH

Jedermann im Dorfe kannte
Einen, der sich Böck benannte. –

– Alltagsröcke, Sonntagsröcke,
Lange Hosen, spitze Fräcke,
Westen mit bequemen Taschen,
Warme Mäntel und Gamaschen –
Alle diese Kleidungssachen
Wußte Schneider Böck zu machen. –
– Oder wäre was zu flicken,
Abzuschneiden, anzustücken,
Oder gar ein Knopf der Hose
Abgerissen oder lose –
Wie und wo und was es sei,
Hinten, vorne, einerlei –
Alles macht der Meister Böck,
Denn das ist sein Lebenszweck. –
– Drum so hat in der Gemeinde
Jedermann ihn gern zum Freunde. –
– Aber Max und Moritz dachten,
Wie sie ihn verdrießlich machten. –

Nämlich vor des Meisters Hause
Floß ein Wasser mit Gebrause.

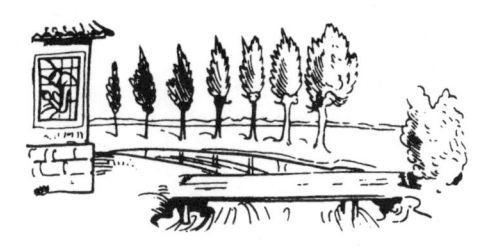

Übers Wasser führt ein Steg
Und darüber geht der Weg. –

Max und Moritz, gar nicht träge,
Sägen heimlich mit der Säge,
Ritzeratze! voller Tücke,
In die Brücke eine Lücke. –

Als nun diese Tat vorbei,
Hört man plötzlich ein Geschrei:

»He, heraus! du Ziegen-Böck!
Schneider, Schneider, meck meck meck!« –
– Alles konnte Böck ertragen,
Ohne nur ein Wort zu sagen;
Aber wenn er dies erfuhr,
Ging's ihm wider die Natur. –

Schnelle springt er mit der Elle
Über seines Hauses Schwelle,

Denn schon wieder ihm zum Schreck
Tönt ein lautes: »Meck, meck, meck!«

Und schon ist er auf der Brücke,
Kracks! die Brücke bricht in Stücke;

Wieder tönt es: »Meck, meck, meck!«
Plumps! da ist der Schneider weg!

Grad als dieses vorgekommen,
Kommt ein Gänsepaar geschwommen,

Welches Böck in Todeshast
Krampfhaft bei den Beinen faßt.

Beide Gänse in der Hand,
Flattert er auf trocknes Land. –

Übrigens bei alledem
Ist so etwas nicht bequem;

Wie denn Böck von der Geschichte
Auch das Magendrücken kriegte.

Hoch ist hier Frau Böck zu preisen!
Denn ein heißes Bügeleisen,
Auf den kalten Leib gebracht,
Hat es wieder gut gemacht. –

– Bald im Dorf hinauf, hinunter,
Hieß es: Böck ist wieder munter!

Dieses war der dritte Streich,
Doch der vierte folgt sogleich.

Ich warf das Buch lieblos auf den Tisch und wandte mich den drei Bauersleuten zu.

»Okay, die Bälger haben den dritten Streich aufgeführt. Den mit der Brücke.«

Zu den sechs weit aufgerissenen Augen, die mich immer noch erstaunt anstierten, gesellten sich jetzt auch noch drei offene Münder, so groß wie die Scheunentore draußen. Sie verstanden nur Bahnhof, aber wie hätten sie auch etwas anderes verstehen sollen, schließlich konnten sie ja nicht riechen, was mir gerade widerfahren war. Also erzählte ich es ihnen. Die Bäuerin verfiel sofort in ein Wehklagen, dass das nur die Teufel gewesen sein konnten, die ihre Familie und ihren Hof vernichten wollten. Aber zum Glück musste ich mir das nicht lange anhören, denn gleich, nachdem ich meine Schilderung beendet hatte, stand der Bauer mit zornesrotem Kopf auf und brummte, ich solle mitkommen.

Ich folgte ihm nach draußen, die Bäuerin im Schlepptau, und auch der Hofhund tappte mit ins Freie. Wir liefen wie in einer Prozession zu dem großen länglichen Gebäude, das dem Wohnhaus gegenüberlag und in dem sich der Aussage des Bauern zufolge die ›Dinge‹ befinden mussten. Soweit ich in der zunehmenden Dunkelheit erkennen konnte, bestand es aus zwei verschiedenen Hälften. Die eine Hälfte hatte keine Türen oder Fenster, sondern nur riesige Holztore, an deren Oberkante große eiserne Rollen angebracht waren, die auf einer metallenen Stange aufsaßen, sodass man die Tore einfach aufschieben konnte. Hier handelte es sich offensichtlich um die Scheune, in der die vom Bauern erwähnten Fahrzeuge und Geräte untergebracht waren. Die andere Hälfte hingegen sah tendenziell aus wie das Wohnhaus, und ich vermutete, dass darin die Arbeitsräume wie Werkstatt, Schmiede, Schreinerei und Backstube eingerichtet waren, von denen der Bauer gesprochen hatte. An der Ecke des Gebäudes stand eine blecherne, verbeulte Regentonne, in die ein von der Dachrinne herunterführendes Rohr mündete, und um die Ecke war an der Hausmauer ein gigantischer, aus unzähligen Scheiten aufgestapelter Holzstoß zu sehen. Müßig zu erwähnen, dass auch dieses Gebäude aussah, als wäre es im Ersten Weltkrieg niedergebrannt und im Zweiten Weltkrieg ausgebombt worden.

Der Bauer öffnete eines der Tore und betrat die Scheune. Ich konnte im Inneren mehrere Fahrzeuge stehen sehen, darunter Traktor, Jauchewagen und Mähdrescher. Der Mähdrescher war eindeutig am beeindruckendsten, weniger, weil es das modernste und neuwertigste Ding war, das ich bisher auf dem Hof gesehen hatte, sondern hauptsächlich wegen seiner Größe. Es war ein regelrechter Riese von einem Gefährt, ein monströser Drache aus Stahl, dessen breites Schneidwerk, bestehend aus einem Balken mit langen spitzen Messern und einer Einzugstrommel mit wuchtigen gewundenen Klingen, wie das überdimensionale, alles zermalmende Gebiss eines fleischfressenden Dinosauriers wirkte, und ich zweifelte nicht daran, dass der Mähdrescher locker ein Schwein oder auch eine Kuh in körnergroße Schnipsel schreddern würde, wenn sie ihm versehentlich vor die Füße geraten sollten. Außerdem gab es verschiedene Anbaugeräte für den Traktor wie Pflug, Egge, Walze, Stapler, Heuwender, Mähbalken und Sämaschine. Dazu standen, hingen und lagen überall diverse Arbeitsgeräte herum, Schubkarren, Gießkannen, Dreschflegel, Heugabeln, Obstpflücker, Rechen, Schaufeln, Spaten, Hakken, Sensen, Besen, Sicheln, Äxte, Leitern, Eimer und

Säcke. Der Bauer holte einige große Seile aus einer Kiste, kletterte auf den Traktor, ließ ihn an und fuhr das Ungetüm, das auf Reifen von der Größe eines Einfamilienhauses rollte und mehr Krach machte als der Verstärker einer Heavy-Metal-Band, aus der Scheune. Er hielt kurz an und machte mir und der Bäuerin ein Zeichen, dass wir aufsitzen sollten. Das taten wir, und dann steuerte der Bauer auf die zerstörte Brücke zu.

Dort angekommen, schlang er die Seile um mein unverändert in Schieflage hängendes Auto, befestigte sie an der Anhängevorrichtung des Traktors und zog dann, indem er ein Stück mit dem Traktor zurückfuhr, meinen Wagen mit spielerischer Leichtigkeit aus dem Fluss und von der Brücke. Ich bedankte mich bei ihm für die Rettungsaktion, und dann inspizierten wir beide, was uns jeweils wichtig war: der Bauer die Brücke und ich mein Fahrzeug.

Eine kurze äußerliche Inspektion ergab, dass mein Gefährt vorne ein paar Schrammen abbekommen hatte, aber ich hätte nicht schwören wollen, dass die allesamt vorher noch nicht da gewesen waren. Dann stieg ich ein und überzeugte mich mit einem kurzen Probeanlassen davon, dass das Auto seine Fahrtüchtigkeit bei diesem unfreiwilligen Tauchgang nicht eingebüßt hatte. Ich stieg wieder aus und trat neben den Bauern, der gerade die Bretter der Brücke untersuchte. An seiner Schläfe pochte eine dicke Zornesader.

»In der Mitte angesägt. Klar, dass die Brücke bei der ersten schweren Belastung einstürzen würde.«

»Es hat schon so komisch geknackt, als ich hergefahren bin.«

»Dann haben Sie einfach nur Glück gehabt, dass Sie nicht schon beim ersten Überqueren eingebrochen sind.«

Ein zweifelhaftes Glück, fand ich, sprach es aber nicht

aus. Der Bauer blickte versonnen auf den in den Fluss hängenden Trümmerhaufen, als betrachte er das Foto einer verflossenen Jugendliebe.

»Ich habe diese Brücke selbst gebaut. Sie war mein Werk. Ich habe eigenhändig die Bäume gefällt, die Bretter und Balken zurechtgeschnitten, die ganze Konstruktion zusammengenagelt. Diese Brücke war meine Brücke.«

Er senkte das Kinn auf die Brust wie der Trauergast einer Beerdigung, der Abschied vom Dahingeschiedenen nahm. Doch bei allem Taktgefühl dem Hinterbliebenen gegenüber sah ich mich gezwungen, ihn in seiner Meditation zu unterbrechen.

»Das ist durchaus interessant und bewegend, aber nichtsdestotrotz beschäftigt mich momentan vor allem eine Frage: Wie komme ich jetzt zurück in die Stadt?«

Er hob den Kopf und warf einen letzten wehmütigen Blick auf das zerstörte Bauwerk.

»Gar nicht.«

Ich rümpfte die Nase.

»Sie scherzen.«

Er schüttelte den Kopf.

»Nein. Es gibt nur diesen einen Weg vom Hof weg. Ich werde die Brücke morgen reparieren, beziehungsweise eine provisorische neue bauen. Heute macht es keinen Sinn mehr, es ist schon zu dunkel dafür.«

»Na toll! Und was soll ich bis morgen machen, Sie Scherzkeks?«

Die Bäuerin, die sich bisher im Hintergrund gehalten hatte, war jetzt zu uns herangetreten. Sie packte mich am Arm. Die Druckstellen davon kann man heute noch sehen.

»Wir haben oben neben unseren Schlafzimmern noch eine Kammer frei, eine Art Gästezimmer, da können Sie übernachten!«

Sie war offenkundig begeistert von der Aussicht, mich als Wachhund und Bodyguard auf dem Hof behalten zu können. Meine Begeisterung hielt sich hingegen in engen Grenzen. Nach kurzem Abwägen der einzig möglichen Alternative – durch den Fluss zu waten und dabei patschnass zu werden, anschließend stundenlang durch einen dunklen Wald zu irren, in dem ich mich nicht auskannte, dabei wahrscheinlich von wilden Wölfen in Stücke gerissen und als Spätmahlzeit verzehrt zu werden, oder, falls die Wölfe wider Erwarten nicht hungrig oder verreist sein sollten, am nächsten Morgen zerlumpt in irgendeinem Kuhdorf, in dem ich noch nie zuvor gewesen war, herauszukommen und von den verschreckten Einwohnern wegen Erregung öffentlichen Ärgernisses der Polizei übergeben zu werden, um dann in einer ungemütlichen Gefängniszelle auf meinen Prozess zu warten – entschloss ich mich, das gastfreundliche Angebot anzunehmen.

Wir fuhren zurück zum Hof, das Ehepaar mit dem Traktor, ich mit dem Auto, und trafen uns wieder in der Stube, wo weiterhin die Tochter saß, immer noch ganz in ihr Buch vertieft. Mittlerweile war es nicht nur dunkel, sondern auch kalt geworden, und der Bauer heizte den großen Kachelofen an, der schnell wohlige Wärme ausstrahlte. Die Bäuerin erklärte mir, dass es jetzt Zeit für das Abendessen und ich herzlich eingeladen sei. Da mein Magen schon seit Mittag kein Futter mehr abbekommen hatte, sagte ich nicht Nein. Der Bauer riss seiner Tochter grob das Buch aus der Hand und schnauzte sie an, sie solle gefälligst ihrer Mutter helfen. Das Mädchen stand mürrisch auf und folgte der Bäuerin in die Küche. In mehreren Gängen bereiteten die beiden dann die Tafel: Die Tochter deckte den Tisch mit Messern, Löffeln, Gabeln sowie großen, runden Holzbrettern, die anscheinend als Teller fungieren sollten, und die Bäuerin schleppte haufenweise mit Nahrungsmitteln gefüllte Körbchen an. Das Angebot ließ kaum Wünsche offen: Es gab verschiedene Backwaren, Butter und Milch, mehrere Wurst- und Käsesorten, gekochte Eier und Kartoffeln, eine große Obstschale mit Äpfeln, Birnen, Kirschen, Pflaumen und Zwetschgen sowie eine kleinere mit Erd-, Brom-, Him-, Stachel- und Johannisbeeren, eine reichhaltige Gemüseplatte mit Tomaten, Zwiebeln, Karotten, Sellerie, Kohlrabi, Spargel, Gurken, Zucchini, Bohnen, Erbsen, Linsen, Radieschen und Rettich, und zum Würzen und Verfeinern standen Dill, Kresse, Basilikum, Majoran, Petersilie, Knoblauch und Schnittlauch zur Verfügung.

Nachdem die Bäuerin und die Tochter Platz genommen hatten, begann man mit dem Mahl. Das Abendessen schien eine äußerst ernsthafte Angelegenheit zu sein, denn es wurde anfangs kein Wort dabei gesprochen. Ich nahm mir eine Scheibe Brot, biss hinein und kaute eine Weile. Dann wagte ich es, das beklemmende Schweigen zu brechen.

»Was ist das?«

Der Bauer unterbrach seine Nahrungsaufnahme.

»Schmeckt es Ihnen nicht?«

»Doch, aber ich habe so etwas noch nie gegessen.«

Er aß wieder weiter und murmelte seine Antwort mit vollem Mund.

»Man nennt es Brot.«

Ich wusste natürlich, dass es Brot war, aber es war eben kein normales Brot. Ich war sonst nur Supermarkt-Brot von der Fließbandgroßbäckerei gewohnt und hatte noch nie zuvor echtes, selbst gebackenes, sozusagen handgemachtes Bauernbrot gegessen. Ich kam mir beim Verzehr dieses Brotes ungefähr so vor wie jemand, der bisher nur Tretroller gefahren war und nun plötzlich in einem Formel-1-Flitzer über eine Grand-Prix-Rennstrecke donnern durfte. Das Brot schmeckte göttlich. Ich wusste noch nicht, dass es das Einzige bleiben sollte, was mir an diesem Fall schmeckte. Manchmal versuche ich, mich an den Geschmack dieses Brotes zurück zu erinnern, aber ich kann mir das Brot einfach nicht isoliert und abgekoppelt von den weiteren Geschchnissen vorstellen, und so kommt immer nichts anderes dabei heraus als der Geschmack von Asche.

»Es schmeckt hervorragend. Das ist das beste Brot, das ich jemals gegessen habe.«

Der Bauer war sichtlich geschmeichelt.

»Das kommt davon, dass es nur mit natürlichen Zutaten und in echter Handarbeit von Menschen gebacken wird, die etwas davon verstehen. Das Brot, das Sie in der Stadt bekommen, besteht doch nur noch aus künstlichen chemischen Ersatzstoffen und wird von Maschinen am Fließband produziert. Bei uns steckt in jedem einzelnen Laib eine Menge Aufwand: Erst müssen wir Weizen, Roggen, Hafer und Gerste von unseren Feldern ernten, danach bringen wir das Korn in unsere Mühle, wo wir es schroten und dann zu feinem Mehl mahlen, und schließlich bringen wir das Mehl in unsere Backstube, wo wir es mit Wasser und Salz zu einem Teig kneten, den wir dann im Ofen erhitzen. Dafür schmeckt es dann am Ende wenigstens so, wie ein richtiges Brot schmecken soll, und nicht nach Kaugummi mit Getreidearoma.«

Da ich nicht wusste, wann ich das nächste Mal so viel gesunde Biokost vorgesetzt bekommen würde, schaufelte ich ordentlich rein. Im weiteren Verlauf der Mahlzeit lockerte sich die Stimmung immer mehr auf, was vor allem daran lag, dass der Bauer einige Pullen mit selbst gebrannten Schnäpsen hervorgezaubert hatte, aus denen er mich, vor allem aber sich selbst reichlich bediente. Mit jedem Gläschen Korn und Obstler wurde er fideler, lustiger und vor allem gesprächiger, bis er die Kommunikation der Tischrunde praktisch als Alleinunterhalter bestritt, während die Bäuerin, die Tochter und ich nur noch als Publikum fungierten. Ritt er zunächst noch einige polemische Verbalattacken gegen das Landwirtschaftsministerium und dessen Agrarpolitik, verlegte er sich mit fortschreitendem Alkoholkonsum immer mehr auf das humoristische Fach und ging, nachdem er einige Stammtischzoten zum Besten gegeben hatte, dazu über, seine Sammlung an Bauernhofwitzen zu plündern.

»Kommt ein Städter auf einen Bauernhof und trifft einen kleinen Jungen. Fragt der Städter: Wo ist denn dein Vater? Sagt der Junge: Vom Traktor überfahren. Fragt der Städter: Und wo ist deine Mutter? Sagt der Junge: Vom Traktor überfahren. Fragt der Städter: Und wo sind deine Geschwister? Sagt der Junge: Vom Traktor überfahren. Sagt der Städter: Dann bist du ja ganz alleine. Was machst du denn da so den ganzen Tag? Sagt der Junge: Traktor fahren!«

Der war nun wirklich zu alt und zu schlecht, als dass ich darüber hätte lachen können. Doch es wurde noch schlimmer, denn nach weiteren Schnäpsen kramte der Bauer die übelsten Macho-Sprüche aus der Mottenkiste.

»Was ist der Unterschied zwischen einer Frau und einem Autoreifen? Ein Autoreifen hat Profil.«

»Was ist der Unterschied zwischen einer Frau und einem Tumor? Ein Tumor kann gutartig sein.«

»Was ist der Unterschied zwischen einer Frau und einem Nilpferd? Das eine hat ein großes Maul und einen dicken Hintern, das andere lebt im Wasser.«

Die Tochter versuchte, nicht hinzuhören und die Sprüche ihres Vaters zu ignorieren, indem sie sich noch mehr in ihr Buch vertiefte. Die Bäuerin, der die Reden ihres alkoholisierten Mannes sichtbar peinlich waren, stand auf, ging zum Ofen, nahm einige Holzscheite aus einem Korb, der neben dem Ofen stand, und schürte damit das Feuer nach. Dann ging sie zurück zu ihrem Platz und wandte sich mit Flüsterstimme an mich.

»Und Sie werden also morgen abreisen, ohne die Vorfälle zu untersuchen?«

Eigentlich hatte ich das Thema abgehakt, aber jetzt traf ich eine spontane Entscheidung aus dem Bauch heraus. Niemand versenkte einen hartgesottenen Privatdetektiv wie mich mitsamt Auto in einem Fluss, ohne bestraft zu werden.

»Nein. Ich werde Ihren Auftrag annehmen und den Fall bearbeiten. Sobald die Brücke wieder passierbar ist, werde ich ins Dorf fahren und Nachforschungen anstellen. Als Erstes werde ich alle dort wohnenden Kinder befragen und ihre Alibis überprüfen.«

Sie schenkte mir ein zufriedenes Lächeln. Währenddessen strebte der Bauer zielstrebig und unaufhaltsam dem Gipfel des schlechten Geschmacks entgegen und war inzwischen bei den obszönen und schlüpfrigen Kalauern angelangt.

»Weckt der Mann nachts seine Frau und sagt: Komm, ich will jetzt. Sagt die Frau: Deswegen hättest du mich nicht wecken brauchen, du weißt doch, wo alles ist.«

Ich lachte. Es wäre fast das Letzte gewesen, was ich im Leben tat, und ich hätte mich nicht mal darüber beschweren dürfen, konnten doch die Wenigsten von sich behaupten, mit einem herzhaften Lachen abgetreten zu sein.

Denn plötzlich, ohne jede Vorwarnung, wiederholte sich der Urknall, und die Welt flog in die Luft.

Irgendwie habe ich von der Explosion des Ofens an

sich gar nichts mitbekommen, weil ich ihm den Rücken zugewandt hatte. Ich kann mich nur noch an einen unglaublich lauten Knall erinnern, der das stärkste Trommelfell zum Platzen hätte bringen können, an eine brutale Druckwelle, die mich nach vorne schleuderte, wie eine von einer Granate getroffene Blattlaus, an eine plötzliche Hitze, als wäre ich direkt auf den Gartengrill des Vorstandsvorsitzenden der Hölle katapultiert worden, und daran, dass die auf dem Tisch und im Raum befindlichen Speisen und Gegenstände wie Raketen durch die Luft schossen. Dann folgte ein Filmriss und das Abtauchen in ein tiefes schwarzes Loch. Als ich wieder auftauchte und der Film weiterlief, fand ich mich auf dem Rücken liegend auf dem Boden der Stube wieder. Um mich herum lagen das Mobiliar der Stube und die drei Mitglieder der Bauernfamilie. Ich setzte mich auf und begutachtete skeptisch meinen Körper. Erleichtert stellte ich fest, dass noch alle Extremitäten dran waren, dass kein Knochen in abnormer Stellung aus der Haut ragte, und ich konnte auch nirgendwo ein großes Loch entdecken, aus dem Blut quoll. Dann warf ich einen besorgten Blick auf den Bauern, die Bäuerin und die Tochter. Auch bei ihnen schien man Entwarnung geben zu können, denn auch sie rekelten sich langsam vom Boden hoch, und Bewegung war immer noch eines der sichersten Lebenszeichen. Sie schienen ebenfalls körperlich unversehrt geblieben zu sein, wenn man davon absah, dass ihre Gesichter komplett mit Ruß bedeckt und damit kohlrabenschwarz waren. Irgendwie, auf eine makabere Weise, sahen sie mit dieser unfreiwilligen Schminke sogar komisch aus, doch es gab keinen Grund, darüber zu lachen, denn ich wusste, dass ich selbst die gleiche Visage hatte. Noch weniger Grund zu lachen gab es, als ich mich im Raum umblickte und die ganze Bescherung sah. Der Kachelofen, in dem die Explosion stattgefunden haben musste, wies ein gullydeckelgroßes Loch auf, aus dem dichter Rauch qualmte. Die Stube war komplett verwüstet worden, die Fensterscheiben und der Spiegel waren zersprungen, Tisch und Stühle waren zu Sperrholz zerlegt, Kalender, Uhr und Kreuz von den Wänden gerissen worden. Zermatschte Essensreste lagen auf dem Boden. All diese Dinge störten zwar ein bisschen das ästhetische Empfinden beim Bewundern der Stube, doch sie waren nicht wirklich ein Problem – das eigentliche Problem war, dass die Einrichtung an mehreren Stellen Feuer gefangen hatte! Mit anderen Worten und im Klartext gesprochen, die Bude brannte, und da sie praktisch ausschließlich aus Holz bestand, würde es nicht lange dauern, bis sie komplett abgefackelt war. Ich sprang wie von einer Tarantel gestochen auf und brüllte den Bauern an, der auf dem Boden herumrobbte.

»Haben Sie einen Feuerlöscher im Haus?«

Er glotzte mich an wie ein Eskimo, den man gefragt hatte, wo denn die Kokosnüsse hingen. Okay, er wusste also nicht, was ein Feuerlöscher war, und wenn er es wusste, hatte er noch keinen gesehen, und selbst wenn er schon einen gesehen hatte, hatte er keinen im Haus. Da fiel mir siedend heiß ein, dass ich einen im Auto hatte. Sofort rannte ich nach draußen, holte das Ding aus dem Wagen, sprintete zurück in die Stube und machte den Flammen den Garaus.

Als ich fertig war, warf ich die leere Flasche achtlos zu Boden. Ich hatte das Abbrennen der Stube verhindert. Ich war ein Held. Komisch nur, dass ich mich fühlte wie ein Abführzäpfchen, nämlich voll im Arsch. Zumindest war ich nicht der Einzige, der sich so fühlte. Die drei Bewohner des Hofes hatten sich mittlerweile auf die Sitzbank gesetzt, die immerhin intakt geblieben war, und starrten mit ausdruckslosen Mienen vor sich hin. Mit ihren rußgeschwärzten Gesichtern sahen sie aus wie Bergbau-Kumpels, die gerade von der Schließung ihrer Zeche erfahren hatten. Sie standen noch leicht unter Schock und mussten sich erst langsam von dem Schreck erholen, deshalb verzichtete ich vorläufig darauf, sie anzuquatschen. Stattdessen schlenderte ich durch den Raum und wühlte mit der Schuhspitze in den über den Boden verstreuten Gegenständen, bis ich das fand, was ich suchte. Ich hockte mich auf den Boden und las den nächsten Abschnitt des Buches, das ich langsam aber sicher zu hassen begann.

VIERTER STREICH

Also lautet ein Beschluß:
Daß der Mensch was lernen muß. –
– Nicht allein das A-B-C
Bringt den Menschen in die Höh;
Nicht allein im Schreiben, Lesen
Übt sich ein vernünftig Wesen;
Nicht allein in Rechnungssachen
Soll der Mensch sich Mühe machen;
Sondern auch der Weisheit Lehren
Muß man mit Vergnügen hören. –

Daß dies mit Verstand geschah,
War Herr Lehrer Lämpel da. –

– Max und Moritz, diese beiden,
Mochten ihn darum nicht leiden;
Denn wer böse Streiche macht,
Gibt nicht auf den Lehrer acht. –

Nun war dieser brave Lehrer
Von dem Tobak ein Verehrer,
Was man ohne alle Frage
Nach des Tages Müh und Plage
Einem guten alten Mann
Auch von Herzen gönnen kann. –
– Max und Moritz, unverdrossen,
Sinnen aber schon auf Possen,
Ob vermittelst seiner Pfeifen
Dieser Mann nicht anzugreifen. –
– Einstens, als es Sonntag wieder
Und Herr Lämpel, brav und bieder,

In der Kirche mit Gefühle
Saß vor seinem Orgelspiele,
Schlichen sich die bösen Buben
In sein Haus und seine Stuben,
Wo die Meerschaumpfeife stand;
Max hält sie in seiner Hand;

Aber Moritz aus der Tasche
Zieht die Flintenpulverflasche,
Und geschwinde, stopf, stopf, stopf!
Pulver in den Pfeifenkopf. –
Jetzt nur still und schnell nach Haus,
Denn schon ist die Kirche aus. –

– Eben schließt in sanfter Ruh
Lämpel seine Kirche zu;

Und mit Buch und Notenheften,
Nach besorgten Amtsgeschäften

Lenkt er freudig seine Schritte
Zu der heimatlichen Hütte,

Und voll Dankbarkeit sodann
Zündet er sein Pfeifchen an.

»Ach!« – spricht er – »die größte Freud
Ist doch die Zufriedenheit!«

Rums!! – da geht die Pfeife los
Mit Getöse, schrecklich groß.
Kaffeetopf und Wasserglas,
Tobaksdose, Tintenfaß,
Ofen, Tisch und Sorgensitz –
Alles fliegt im Pulverblitz. –

Als der Dampf sich nun erhob,
Sieht man Lämpel, der gottlob!
Lebend auf dem Rücken liegt;
Doch er hat was abgekriegt.

Nase, Hand, Gesicht und Ohren
Sind so schwarz als wie die Mohren,
Und des Haares letzter Schopf
Ist verbrannt bis auf den Kopf. –

Wer soll nun die Kinder lehren
Und die Wissenschaft vermehren?
Wer soll nun für Lämpel leiten
Seine Amtestätigkeiten?
Woraus soll der Lehrer rauchen,
Wenn die Pfeife nicht zu brauchen?

Mit der Zeit wird alles heil,
Nur die Pfeife hat ihr Teil. –

Dieses war der vierte Streich,
Doch der fünfte folgt sogleich.

ICH LIESS DAS BUCH zurück auf den Boden sinken, stand auf und ging zu dem Korb, der neben dem Ofen stand und aus dem die Bäuerin das Holz genommen hatte, um den Ofen zu schüren. Der Korb war noch etwa zur Hälfte gefüllt mit Holzscheiten. Ich wühlte ein bisschen darin herum und untersuchte die Scheite sorgfältig. Einen nahm ich in die Hand, ging damit zum Bauern und setzte mich neben ihn. Ich hielt ihm den Holzklotz unter die Nase.

»Sehen Sie sich den mal genauer an.«

Er nahm das Teil und drehte es hin und her.

»Jemand hat ein Loch hineingebohrt und Pulver in das Loch gefüllt.«

Ich nickte.

»Exakt. Und ich würde meinen Arsch darauf verwetten, dass es sich dabei nicht um Backpulver handelt.«

Der Bauer schüttete das Pulver aus dem Holzscheit auf seine Handfläche und schnüffelte daran. Seine Miene verfinsterte sich.

»Schießpulver.«

»Genau. Die meisten anderen Holzscheite in dem Korb sind ebenfalls präpariert. Und die, die vorhin in den Ofen gewandert sind, waren es anscheinend auch. Zumindest genügend davon, um das nette kleine Feuerwerk zu veranstalten, das wir gerade erlebt haben.«

Der Bauer, die Bäuerin und die Tochter gafften mich fassungslos an. Ich hob meine Augenbrauen.

»Woher kommen die Holzscheite?«

Die Bäuerin wurde so aschfahl im Gesicht, dass sie den Mephisto im ›Faust‹ hätte spielen können.

»Vom Holzstapel drüben an der Scheunenmauer. Ich habe den Korb erst heute Mittag aufgefüllt.«

Ich räusperte mich und rückte meine nicht vorhandene Krawatte zurecht. Zeit für die finale Ansprache des großen Superdetektivs.

»Ich denke, ich muss Ihnen nicht erst lang und breit erklären, was hier momentan vor sich geht. Eine noch unbekannte Person ist heute im Laufe des Tages heimlich um Ihren Hof herumgeschlichen und hat Verschiedenes unternommen, um Ihnen ein paar böse Streiche zu spielen. Sie hat die Hühner getötet und sie später geklaut, sie hat die Brücke angesägt, und sie hat mit Schießpulver präparierte Holzscheite auf Ihren Holzhaufen gelegt. Anfangs dachte ich, dass es sich bei dieser Person nur um ein Kind handelt, aber inzwischen bin ich mir dessen nicht mehr so sicher. Das Ganze hat allmählich nichts mehr mit simplen Lausbubenstreichen zu tun. Bei dieser Schießpulvergeschichte hätte auch das ganze Haus abbrennen können, und es hätte durchaus auch Todesopfer dabei geben können. Jetzt muss Schluss sein mit lustig. Ich würde vorschlagen, dass wir die Polizei verständigen.«

Der Bauer polterte los wie ein fleischgewordenes Gewitter.

»Nein, das werden wir nicht tun! Die Bullen kommen mir auf keinen Fall ins Haus! Die kommen doch auch aus dem Dorf, die stecken doch mit den Tätern unter einer Decke! Nein, von denen können wir keine Hilfe erwarten. Aber mit der anderen Sache haben Sie vollkommen recht: Jetzt ist Schluss mit lustig. Wir werden den oder die Täter schon selbst zur Rechenschaft ziehen!«

Und er stand auf und verließ die Stube. Ich sah fragend in Richtung Bäuerin und Tochter, doch sie wichen meinem Blick aus. Als ich mich gerade erheben wollte, um nachzuschauen, ob der Bauer keine Dummheiten machte, kam er schon wieder zur Stubentür hereingestapft. Er blieb vor mir stehen und ließ mich nicht ohne Besitzerstolz das Gewehr sehen, das er jetzt in der Hand hielt. Ich runzelte die Stirn.

»Soso. Schwere Artillerie. Ich bin beeindruckt. Aber haben Sie auch einen Waffenschein für Ihre Kanone da?«

Er lächelte milde.

»Das ist mein Jagdgewehr. Ich habe einen Jagdschein. Alles ganz legal.«

Ich verspürte ein leichtes Drücken in der Magengegend.

»Und wenn Ihnen jetzt der Täter zufällig vor die Füße stolpern sollte, dann knallen Sie ihn einfach ab wie ein Karnickel.«

Er grinste so breit wie ein Scheunentor und offenbarte dabei seinen maroden Zahnstatus in voller Pracht.

»Ich verteidige nur mein Hab und Gut und das Leben und die Gesundheit meiner Familie. Das ist nicht nur mein gutes Recht, sondern sogar meine verdammte Pflicht. Und nichts und niemand wird mich daran hindern.«

Das ›Niemand‹ war zweifelsohne auf mich gemünzt. Ich tat so, als hätte ich es überhört.

»Und wenn die nächste Person, die Ihnen über den Weg läuft, vielleicht nur ein ahnungsloser Urlauber ist, der sich verfahren hat und nach dem Weg fragen will? Oder ein argloser Versicherungsvertreter, der Ihnen eine Krankenhaustagegeldpolice für Ihre Schweine andrehen will? Legen Sie die auch einfach um, ohne groß zu fragen?«

Er winkte genervt ab.

»Erstens mal kann das hier nur jemand getan haben, der uns kennt und den wir kennen. Ich erwische schon keinen Falschen. Und außerdem bringe ich niemand um, weil ich gar keine richtige Munition eingelegt habe, sondern Betäubungspatronen für die Kühe und Pferde, wenn die behandelt und dafür narkotisiert werden müssen. Ich würde den Arsch mit meinem Schuss also nur ins Traumland schicken. Dafür würde ich mit ihm, wenn er dann in meinen Armen wieder aufwacht, eine äußerst intensive Unterhaltung führen.«

Er ballte eine Faust, um keinen Zweifel daran zu lassen, welcher Art die Unterhaltung sein würde. Ich zuckte mit den Schultern. Mir war's langsam egal. Meinetwegen sollte er denjenigen, der mein Auto im Fluss versenkt und mich an diesem gottverlassenen Ort festgenagelt hatte, windelweich prügeln.

Damit schien dann irgendwie alles gesagt zu sein, denn nun folgte das große Schweigen. Alle saßen nur stumm und mit leeren, ausdruckslosen Mienen da, so ausgepumpt und erschöpft wie nach einem Marathonlauf im Hochsommer. Nach einer Weile lastete die Stille so schwer und drückend im Raum, dass man sie in Stücke hätte schneiden können, und es war wie eine Erlösung, als sie von der Bäuerin durch ein lang gezogenes Gähnen gebrochen wurde.

»Komm, Mann, lass uns jetzt ins Bett gehen. Ich bin hundemüde. Wir räumen die Stube morgen auf. Lass uns diesen schrecklichen Tag endlich beenden.«

Der Bauer nickte zustimmend, und die Tochter hing sowieso schon so apathisch auf der Sitzbank, dass sie sich bereits halb im Reich der Träume zu befinden schien. Nachdem also in dieser Beziehung Einigkeit herrschte, verließen wir die Stube und stiegen über die Holztreppe im Flur hinauf in das Obergeschoss. Der Bauer behielt dabei natürlich sein Schießeisen in der Hand, und ich hatte noch schnell das Wilhelm Busch-Buch aufgehoben und mitgenommen.

Im Obergeschoss gab es einen langen geraden Flur, der im Gegensatz zum Erdgeschoss nicht in der Mitte der Etage lag, sondern auf der linken Seite. In der linken Wand des Ganges befanden sich drei Fenster, in der rechten drei Türen, die zu den Räumen des Obergeschosses führten. Den ersten kannte ich, denn ich hatte ihn schon einmal betreten: Es war das Zimmer der Tochter, in das diese auch gleich mit einem dahingenuschelten »Gute Nacht« verschwand. Beim danebenliegenden Raum handelte es sich um das Schlafzimmer der Eltern, in welches sich die Bäuerin zurückzog. Der Bauer begleitete mich noch bis zum Ende des Flurs, wo das Gästezimmer lag, das mir zugewiesen worden war. Der Bauer öffnete die Tür und ließ mich eintreten, murmelte irgendwas wie »Schlafen Sie gut« und ging zurück zu seinem Schlafgemach.

Ich schloss die Tür und sah mich um. Irgendwie kam mir der Raum bekannt vor, und dann fiel mir auch gleich ein, wo ich ihn schon einmal gesehen hatte: Er war nahezu identisch aufgebaut und ausgestattet wie das Zimmer der Tochter. Dieselbe spärliche Möblierung, bestehend aus Bett, Schrank, Tisch und Stuhl, alles aus dunklem Holz, dieselben kahlen weißen Wände, derselbe primitive Holzdielenboden. Der einzige Unterschied zwischen den beiden Zimmern war der, dass es hier als Luxusgut statt eines Bücherregals ein kleines Waschbecken gab. Das war mir durchaus recht so, denn ich war momentan nicht an hochgeistiger Lektüre interessiert, sondern mehr an der Befriedigung niederer Grundbedürfnisse, wie zum Beispiel einer Reinigung meines vermutlich rußverschmierten Gesichtes.

Ich warf das Busch-Buch auf das Bett und trat ans Waschbecken, über dem sogar ein kleiner Spiegel hing, dessen Glas allerdings so eingetrübt und außerdem an mehreren Stellen gesprungen war, dass mir statt meines Ebenbildes eine verzerrte, groteske, monsterähnliche Fratze entgegenglotzte. Immerhin konnte ich die Schwarzfärbung in meinem Gesicht erkennen. Ich drehte den Wasserhahn auf. Statt des erwarteten Strahls kam nur ein dünnes Rinnsal heraus. Ich sammelte das Wasser in meinen Handflächen und tunkte mein Gesicht hinein. Schwarze Brühe ergoss sich in das Becken. Ich nahm den Kopf wieder hoch, blickte erneut in den Spiegel und musterte den Typen, den ich darin sah, kritisch. Ein schöner Privatdetektiv war das, der bisher auf diesem Hof nichts anderes getan hatte, als untätig, mit großen Augen und offenem Mund zuzugucken, wie eine Tat nach der anderen begangen wurde. Zu meiner Verteidigung konnte ich lediglich anführen, dass der Hühnermord sowie die Manipulation der Brücke und der Holzscheite schon vor meiner Ankunft vorgenommen worden waren und die daraus resultierenden Vorfälle nun wirklich nicht auf meine Kappe gingen. Andererseits hatte ich – wenn man von der Entdeckung des ›Max und Moritz‹-Musters absah – noch nichts Produktives zur Täterermittlung beigetragen, obwohl ich dafür eigentlich engagiert worden war. Ich beruhigte mein Gewissen mit dem Argument, dass es für diesen Tag eh schon zu spät war, um noch etwas zu unternehmen, und dass ich mich am nächsten Tag, sobald die Brücke wieder passierbar war, ins angesprochene Dorf begeben und dort knallhart ermitteln würde.

Ich wollte mich gerade auf das Bett werfen, als ich den markerschütternden Schrei hörte.

Sofort stürmte ich zur Tür und rannte hinaus auf den Gang. Weitere schrille Schreie hallten durch die Luft, und als die Tür nebenan aufgerissen wurde und der Bauer und die Bäuerin herauseilten, war klar, von wem sie kamen. Der Bauer, der sein Gewehr im Anschlag hielt, starrte mich an, und sein Gesicht war so weiß wie ein Leichentuch.

»Großer Gott – die Kleine!«

Wir rannten weiter zum Zimmer der Tochter, ich riss die Tür auf – und schreckte entsetzt zurück. Die Tochter, die mit einem langen weißen Nachthemd bekleidet war, stand mit dem Rücken an die Wand gepresst auf ihrem Bett und schrie sich die Lunge aus dem Leib – das ganze Zimmer war regelrecht überschwemmt von einer Armee aus unzähligen Mäusen und Ratten. Der Boden, das Bett, die Möbel, wohin man schaute, alles war bedeckt von den quietschenden Biestern, die noch dazu in einer Art Massenpanik wie verrückt kreuz und quer und ohne Unterbrechung herumsausten, sodass die Szenerie wirkte wie die auf Großleinwand projizierte und auf Schnellspulung eingestellte Filmaufnahme eines wimmelnden Ameisenhaufens. Während ich an der Türschwelle stehen blieb, drängten sich der Bauer und die Bäuerin an mir vorbei ins Zimmer, um zu sehen, was los war – und augenblicklich gesellte sich zu dem hysterischen Geschrei der Tochter das der Mutter, die ein kreischendes ›Igitt! Pfui Teufel!‹ ertönen ließ und wie von einer unsichtbaren Panzerfaust getroffen wieder rückwärts aus dem Zimmer stürzte.

Ich stand weiterhin in der Tür wie ein angewurzelter Baum, denn ich wusste nicht so recht, was ich tun sollte. Ich war in meinem Job schon so manchem feindlich gesonnenen Subjekt gegenübergestanden, aber mit einer Kleintierarmada als Gegner hatte ich noch keine Erfahrung gemacht. Wenigstens der Bauer zögerte keinen Moment, den Kampf gegen die tierische Übermacht aufzunehmen: Er packte sein Gewehr mit beiden Händen am Lauf und begann, mit dem Kolben auf die Nager einzuschlagen. Diese Methode erwies sich als durchaus effektiv, und der Bauer gab alles, erschlug immer mehr Tiere und richtete ein regelrechtes Massaker unter den Mäusen und Ratten an. Er steigerte sich in einen wahren Rausch, und wieder und immer wieder sauste der Gewehrkolben auf die Viecher nieder, die vergeblich zu fliehen versuchten. Endlich, als er auch den letzten Eindringling zu Brei geklatscht hatte, ließ er sich völlig erschöpft auf den Stuhl sinken.

Mit einem Mal kehrte eine gespenstische Ruhe ein: Die Schreie der Tochter waren verstummt, die Schläge des Bauern hatten aufgehört, das Quietschen der Mäuse und Ratten war verschwunden. Es war die Stille, die nach dem Ende des Kampfes auf einem Schlachtfeld herrschen musste. Und wenn man den Blick durch den Raum schweifen ließ, erkannte man, dass man hier tatsächlich ein Schlachtfeld vor sich hatte. Das ganze Zimmer war voller Blut, der Boden und das Bett waren übersät mit Leichen, und selbst die beiden Überlebenden des Gemetzels waren schwer gezeichnet. Die Tochter saß zusammengekauert auf der hintersten Ecke ihres Bettes und weinte still in ihre vors Gesicht geschlagenen Hände, der Bauer hockte schweißgebadet und blutbespritzt auf seinem Stuhl und starrte stumpfsinnig vor sich hin. Mir fiel auf, dass zwischen den Tierkadavern ein großer brauner Pappkarton lag, aber da mir momentan weder Vater noch Tochter so richtig ansprechbar erschienen, verschob ich die Frage, was es mit diesem Ding auf sich hatte, auf später und tat stattdessen das, was mir langsam zur nervigen Gewohnheit wurde: Ich ging in mein Zimmer, schlug das Busch-Buch auf und las nach, welcher literarischen Vorlage nun diese Teufelei nachempfunden worden war.

FÜNFTER STREICH

Wer in Dorfe oder Stadt
Einen Onkel wohnen hat,
Der sei höflich und bescheiden,
Denn das mag der Onkel leiden. –
– Morgens sagt man: »Guten Morgen!
Haben Sie was zu besorgen?«
Bringt ihm, was er haben muß:
Zeitung, Pfeife, Fidibus. –
Oder sollt es wo im Rücken
Drücken, beißen oder zwicken,
Gleich ist man mit Freudigkeit
Dienstbeflissen und bereit. –
Oder sei's nach einer Prise,
Daß der Onkel heftig niese,
Ruft man »Prosit!« allsogleich,
»Danke, wohl bekomm es Euch!« –
Oder kommt er spät nach Haus,
Zieht man ihm die Stiefel aus,
Holt Pantoffel, Schlafrock, Mütze,
Daß er nicht im Kalten sitze. –
Kurz, man ist darauf bedacht,
Was dem Onkel Freude macht. –

– Max und Moritz ihrerseits
Fanden darin keinen Reiz. –
Denkt euch nur, welch schlechten Witz
Machten sie mit Onkel Fritz! –

Jeder weiß, was so ein Mai-
Käfer für ein Vogel sei. –
In den Bäumen hin und her
Fliegt und kriecht und krabbelt er.

Max und Moritz, immer munter,
Schütteln sie vom Baum herunter.

In die Tüte von Papiere
Sperren sie die Krabbeltiere. –

Fort damit, und in die Ecke
Unter Onkel Fritzens Decke!

Bald zu Bett geht Onkel Fritze
In der spitzen Zippelmütze;

Seine Augen macht er zu,
Hüllt sich ein und schläft in Ruh.

Doch die Käfer, kritze kratze!
Kommen schnell aus der Matratze.

Schon faßt einer, der voran,
Onkel Fritzens Nase an.

»Bau!« – schreit er – »Was ist das hier?!«
Und erfaßt das Ungetier.

Und den Onkel, voller Grausen,
Sieht man aus dem Bette sausen.

»Autsch!« – Schon wieder hat er einen
Im Genicke, an den Beinen;

Hin und her und rund herum
Kriecht es, fliegt es mit Gebrumm.

Onkel Fritz, in dieser Not,
Haut und trampelt alles tot.

Guckste wohl. Jetzt ist's vorbei
Mit der Käferkrabbelei!!

Onkel Fritz hat wieder Ruh
und macht seine Augen zu. –

Dieses war der fünfte Streich,
Doch der sechste folgt sogleich.

Ich ging zurück zum Zimmer der Tochter. Dort waren mittlerweile die Aufräumarbeiten im Gange. Der Bauer warf die Mäuse- und Rattenleichen in den Pappkarton, und die Bäuerin hatte Wassereimer und Putzlappen geholt und entfernte zumindest die größeren Blutlachen. Die Tochter saß immer noch zusammengekauert auf ihrem Bett, aber sie hatte wenigstens aufgehört zu weinen. Ich deutete auf den Karton.

»Waren in diesem Ding da die kleinen Biester drin?«

Die Tochter nickte. Es dauerte noch eine Weile, bis sie es schaffte, mit stockender Stimme zu erzählen. Sie hatte sich gleich umgezogen und ins Bett gelegt und war schon am Einschlafen, als sie hörte, dass ihre Zimmertüre geöffnet und irgendetwas in den Raum geworfen wurde. Als sie sich umdrehte, sah sie den Pappkarton und die Scharen von Mäusen und Ratten, die ihm entströmten. Meine Frage, ob sie noch einen Blick auf die Person, die den Karton in ihr Zimmer geworfen hatte, habe erhaschen können, verneinte sie. Dann begann sie, erneut zu weinen. Ich ließ sie in Ruhe, da vermutlich nicht mehr aus ihr herauszuholen war, und wandte mich an den Bauern.

»Schließt Ihre Tochter nachts ihre Zimmertür ab?«

»Nein.«

»Schließen Sie nachts unten die Haustür ab?«

»Nein. Wozu auch? Sie sehen doch, wie abgelegen unser Hof liegt. Zu uns verirrt sich schon am Tag fast nie eine Menschenseele und nachts noch viel weniger. Wieso sollten wir da absperren?«

»Dann konnte der Täter also einfach unten zur Haustür reinkommen, die Treppe hochgehen, den Karton in das Zimmer Ihrer Tochter werfen, und dann auf demselben Weg wieder flüchten.«

»So wird's wohl gewesen sein.«

»Vielleicht sollten Sie künftig doch die Haustür absperren.«

»Vielleicht sollten wir einen Detektiv verpflichten, der nicht nur hilflos zuschaut.«

Ein verbaler Schlag unter die Gürtellinie, auch wenn er nicht ganz Unrecht hatte mit diesem Vorwurf. Ich versuchte einen Konter.

»Ihre Frau hat mich engagiert, um den Tod einiger Hühner aufzuklären, und nicht als Leibwächter. Ich konnte außerdem nicht ahnen, dass diese Hühnersache anscheinend nur der Auftakt zu einer Art Feldzug eines Irren gegen Ihre Familie war, und zwar eines Irren, der zu viel Wilhelm Busch gelesen hat. Einen solchen Feldzug führt man nicht ohne triftigen Grund. Vielleicht gibt es etwas, das Sie mir erzählen sollten. Denken Sie mal nach, vielleicht fällt Ihnen ja ein, dass Sie damals als Kind Ihrem Banknachbarn in der Schule sein heiß geliebtes ›Max und Moritz‹-Buch absichtlich kaputtgemacht und ihm damit ein seelisches Trauma zugefügt haben, das er bis heute nicht überwunden hat. Und wenn Sie mich als Leibwächter anheuern wollen, können Sie das gerne haben, allerdings treibt das mein Honorar ziemlich in die Höhe.«

Er hob die letzte am Boden liegende Maus auf. Sie gab ein leises Piepsen von sich; anscheinend war sie das einzige Tier, das das Massaker überlebt hatte. Der Bauer wiegte sie eine Weile sinnierend in seiner Hand hin und her.

»Sie haben recht, Sie können nichts für das, was hier passiert. Es ist nur so, dass mir die Sache langsam an die Nieren geht. Es gibt allerdings auch nichts, was ich Ihnen erzählen könnte. Wir sind einfache, aufrechte Leute, die nichts zu verbergen haben. Ich zermartere mir schon die ganze Zeit das Gehirn, wer uns das alles antun könnte, und vor allem warum. Aber mir fällt nichts Konkretes ein. Vielleicht will man uns einfach nur schikanieren, um uns von unserem Hof zu vertreiben. Wir sind nun mal anders als die Anderen, und diejenigen, die anders sind als die Mehrheit, werden von der Mehrheit fertiggemacht. Das war immer schon so, immer und überall.«

Er strich der Maus in seiner Hand fast zärtlich über den Kopf. Dann zerquetschte er sie wie ein rohes Ei und warf sie in den Pappkarton.

»Wir brauchen Sie nicht als Leibwächter, und ich glaube auch nicht, dass es viel Sinn macht, wenn Sie Ermittlungen anstellen, weil Sie doch nur auf eine Mauer des Schweigens stoßen werden. Ich werde morgen früh gleich die Brücke reparieren und Ihnen das Honorar für zwei Tage zahlen, und damit ist die ganze Geschichte für Sie erledigt. Sie können von hier verschwinden. Ich gehe jetzt nach unten und sperre die Haustür ab. Und die Tochter schläft heute Nacht bei mir im Bett, da ist sie wenigstens sicher.«

Damit schien alles gesagt zu sein, denn wie auf Kommando standen die Drei auf, um das Zimmer zu verlassen. Ich zuckte mit den Schultern. Das ständige Herumgeeiere, ob ich den Fall nun übernehmen sollte oder nicht, ging mir auf die Nerven, aber diese Ansprache schien so endgültig gewesen zu sein wie die Verkündigung der Zehn Gebote, und ein schnelles Ende meines Aufenthaltes auf diesem Bauernhof schien mir insgesamt das kleinste Übel zu sein. Ich sah, dass die Bäuerin und die Tochter das elterliche Schlafzimmer ansteuerten, und folgte dem Bauer nach unten. Auf seinen fragenden Blick hin antwortete ich, dass ich noch überprüfen wolle, ob sich nicht noch ein Fremder im Haus befand. Wir überzeugten uns also davon, dass der Täter nicht mehr anwesend war, schlossen die Tür ab, gingen wieder nach oben, wünschten uns eine gute Restnacht und verschwanden in unseren Zimmern.

Nachdem ich die Tür hinter mir geschlossen hatte, überlegte ich einen Moment, ob ich nicht vielleicht besser abschließen sollte, doch die Entscheidung wurde mir abgenommen von der Tatsache, dass gar kein Schlüssel im Schloss steckte. Ich steuerte direkt auf das Bett zu, warf mich hinein, studierte die Struktur der Holzbretter an der Decke, und versuchte, die verwirrenden Geschehnisse der letzten Stunden zu reflektieren.

Heraus kam, dass ich bisher erst drei Fehler begangen hatte. Der erste war gewesen, überhaupt zu diesem verwunschenen Bauernhof zu fahren. Der zweite, nach der Brückengeschichte nicht zu Fuß nach Hause zu laufen, sondern zum Bauernhof zurückzukehren. Der dritte und dümmste war, ›Max und Moritz‹ nicht einfach schon zu einem viel früheren Zeitpunkt am Stück durchzulesen, denn dann hätte ich schon viel eher gewusst, was noch alles kommen sollte. Diesen Fehler wollte ich korrigieren, indem ich mir jetzt die noch fehlenden Streiche anschaute. Und da beging ich den vierten und entscheidenden Fehler: Ich machte nicht gleich mit ›Max und Moritz‹ weiter, sondern begann das Busch-Buch ganz vorne und studierte zunächst seine anderen Bildergeschichten. Das war deshalb ein Fehler, weil mich nach einer Weile beim Lesen eine bleierne Müdigkeit überfiel. Ich war früh aufgestanden, es war ein anstrengender Tag gewesen, ich wurde beim nächtlichen Lesen im Bett generell schnell müde, die zum Abendessen konsumierten selbst gebrannten Schnäpse entfalteten langsam ihre Wirkung und gaben mir den Rest. Doch all das konnte natürlich nicht die verhängnisvolle Tatsache entschuldigen, dass mir etwas passierte, das keinem blutigen Amateur, keinem lahmen Pantoffelhelden, nicht einmal dem letzten Dorfdeppen, und schon gar nicht einem professionellen Privatdetektiv hätte passieren dürfen: Ich schlief ein, noch bevor ich dazu kam, die letzten beiden Streiche von ›Max und Moritz‹ zu lesen.

Mein Schlaf war unruhig, denn die Bildergeschichten, die ich gelesen hatte, verfolgten mich in meine Träume hinein und vermischten sich zu einem albtraumhaften Szenario. Ich träumte von einem alkoholkranken Affen namens Fipps, der zwei Hunde namens Plisch und Plum mit einer Tonne platt walzte, einen Raben namens Hans Huckebein mit einem Regenschirm aufspießte, einem Maler namens Klecksel die Zähne ausschlug, einem Dichter namens Balduin Bählamm mit einem Pusterohr die Nase zertrümmerte, dann eine fromme Frau namens Helene heiratete, deswegen von einem Junggesellen namens Tobias Knopp erschossen wurde, und schließlich zusammen mit einem Heiligen namens Antonius von Padua im Höllenfeuer verbrannte.

Im Morgengrauen wachte ich schweißgebadet auf. Es dauerte eine Weile, bis ich orientiert war und die elementaren W-Fragen beantworten konnte: Wer war ich? Wo war ich? Und warum war ich da, wo ich war? Ich erinnerte mich wieder daran, dass ich die verbliebenen Kapitel von ›Max und Moritz‹ hatte lesen wollen, und mir war klar, dass ich es schlicht und ergreifend verpennt hatte. Aber es verursachte mir keine Magenschmerzen, denn offenkundig war die Nacht ohne weitere Zwischenfälle über die Bühne gegangen, und außerdem war ich ja sowieso offiziell von meinem Auftrag entbunden und würde den Hof in Kürze verlassen. Ich redete mir ein, dass mich die ganze Geschichte eigentlich gar nichts mehr anginge, und wenn ich das Buch noch weiterlesen würde, dann lediglich aus einer gewissen berufsbedingten Neugier heraus. Zunächst wollte ich aber abchecken, ob ich nach dem feudalen Abendessen nun auch noch ein fettes Frühstück abbekommen würde. Ich dachte da an ein Frühstück mit diesem hammermäßigen Öko-Brot, mit frisch gelegten Eiern von glücklichen – wenn nicht gerade strangulierten – Hühnern und frisch gemolkener Milch von ebenso glücklichen Kühen, mit Honig aus der hauseigenen Imkerei, mit selbstgemachter Marmelade aus handgeerntetem Obst. Gut gelaunt sprang ich aus dem Bett, ging zum Waschbecken, bespritzte mein Gesicht mit kaltem Wasser, schlenderte zur Tür, drückte die Klinke – und erstarrte zur Salzsäule.

Die Tür war abgeschlossen.

Ein eisiger Schauer lief mir über den Rücken, und wenn ich heute an diesen Moment denke, in dem ich feststellen musste, dass ich eingesperrt worden war, fröstelt mich noch immer.

Ich rüttelte an der Türklinke wie ein drogensüchtiger Junkie im kalten Entzug am verschlossenen Medikamentenschrank, doch es half alles nichts, sie war zu und blieb zu. Ich wusste zu diesem Zeitpunkt nicht genau, was das zu bedeuten hatte, aber dass es nichts Gutes sein konnte, war so klar wie das Wasser einer Gebirgsquelle. Ich überlegte, ob ich versuchen sollte, die Türe einzurammen, aber von innen war das schlechterdings kaum möglich. Die Tür war so massiv, dass das Einzige, was beim Rammen gebrochen wäre, mein Schulterblatt gewesen wäre. Also wählte ich mangels sinnvoller Alternativen die klassische Befreiungsmethode aus jedem drittklassigen Abenteuerfilm: Ich öffnete das Fenster, zog die Bettwäsche von Matratze, Decke und Kopfkissen ab, knotete die Laken zu einem Seil zusammen, befestigte dieses am Bettende, warf es aus dem Fenster und seilte mich daran nach unten ab. Ich hatte das noch nie zuvor ausprobiert, aber erstaunlicherweise funktionierte es problemlos, auch wenn ich als an der Wäscheliane herunterrutschender Tarzan wahrscheinlich keine besonders gute Figur abgab. Doch ich hatte andere Sorgen, als Schönheitspreise zu gewinnen. Es gab allerdings auch niemanden, der mich belächeln oder bewundern hätte können, denn nirgendwo auf dem Hof war eine Menschenseele zu sehen.

Ich ging in Richtung Haustür und sah, dass sie sperrangelweit offen stand. Das war nun etwas, das mir wirklich Sorgen machte. Kalter Schweiß stand mir auf der Stirn, als ich in den Hausflur trat. Ich öffnete die Küchentür, aber in der Küche war niemand. Ich öffnete die Stubentür und erblickte die Verwüstung des Vorabends. Kein Bauer, keine Bäuerin, keine Tochter. Als ich ins Obergeschoss hinaufging, schlug mein Herz im Takt des Sperrfeuers eines Maschinengewehrs, und Schuld daran war nicht die Anstrengung des Treppensteigens. Mit klammen Fingern öffnete ich die Tür zum Zimmer der Tochter und stellte fest, dass es leer war und noch genauso aussah, wie wir es nach dem Mäusemassaker verlassen hatten. Schließlich klopfte ich gegen die Tür, hinter der sich zuletzt alle drei Familienmitglieder aufgehalten hatten. Keine Reaktion. Ich rief »Hallo«, aber niemand antwortete mir. Schließlich drückte ich mit vor Nervosität patschnassen Händen die Türklinke nach unten und spähte, auf das Schlimmste gefasst, ins bäuerliche Schlafzimmer. Wenn ich erwartet hatte, drei blutverschmierte Leichen vorzufinden, wurde ich enttäuscht. Wenn ich erwartet hatte, drei friedlich schlafende Menschen vorzufinden, allerdings auch. Alle Vögel waren ausgeflogen. Ein Umstand, der in Kombination mit meiner verschlossenen Zimmertür und der offenstehenden Haustür nicht unbedingt zu meiner Beruhigung beitragen konnte. Ich verließ das Schlafzimmer und ging zu meinem Zimmer. Außen in der Tür steckte ein Schlüssel, von dem ich hätte schwören können, dass er am Vorabend noch nicht da gewesen war. Ich drehte ihn um, öffnete die Tür, trat in das Zimmer, nahm das Busch-Buch in die Hand und las endlich das, was ich schon längst hatte lesen wollen.

Sechster Streich

In der schönen Osterzeit,
Wenn die frommen Bäckersleut,
Viele süße Zuckersachen
Backen und zurechtemachen,
Wünschten Max und Moritz auch
Sich so etwas zum Gebrauch. –

Doch der Bäcker, mit Bedacht,
Hat das Backhaus zugemacht.

Also, will hier einer stehlen,
Muß er durch den Schlot sich quälen. –

Ratsch! – Da kommen die zwei Knaben
Durch den Schornstein, schwarz wie Raben.

Puff! – Sie fallen in die Kist,
Wo das Mehl darinnen ist.

Da! Nun sind sie alle beide
Rund herum so weiß wie Kreide.

Aber schon mit viel Vergnügen
Sehen sie die Brezeln liegen.

Knacks! – Da bricht der Stuhl entzwei;

Schwapp! – Da liegen sie im Brei.

Ganz von Kuchenteig umhüllt
Stehn sie da als Jammerbild. –

Gleich erscheint der Meister Bäcker
Und bemerkt die Zuckerlecker.

Eins, zwei, drei! – eh man's gedacht,
Sind zwei Brote draus gemacht.

In dem Ofen glüht es noch –
Ruff! – damit ins Ofenloch!

Ruff! – man zieht sie aus der Glut –
Denn nun sind sie braun und gut. –

– Jeder denkt: »Die sind perdü!«
Aber nein! – noch leben sie! –

Knusper, knasper! – wie zwei Mäuse
Fressen sie durch das Gehäuse;

Und der Meister Bäcker schrie:
»Ach herrje! da laufen sie!« –

Dieses war der sechste Streich,
Doch der letzte folgt sogleich.

»Verdammte Scheisse!«
Nachdem ich damit alles gesagt hatte, was es in dieser Situation zu sagen gab, rannte ich mit dem Buch in der Hand so schnell ich konnte die Treppe hinunter, zur Haustür hinaus und über den Hof zu dem Scheunenhaus, in dem sich neben anderen Räumlichkeiten die Backstube befinden musste. Auch hier stand die Eingangstür offen. Jetzt wünschte ich mir zum ersten Mal, meine Waffe in der Hand zu halten, aber ich war nicht davon ausgegangen, dass ich sie bei der Aufklärung eines Hühnermordes brauchen würde, und hatte sie erst gar nicht mitgenommen. Ich sah mich um, dann rannte ich kurz entschlossen zum Misthaufen, kletterte ihn hoch, und weil mir bei diesem Fall prinzipiell alles misslang, rutschte ich natürlich aus und fiel voll auf die Schnauze. Als ich wieder vom Mist heruntersteig, war ich zwar von oben bis unten mit Tierdung verschmiert und stank dermaßen, dass man Katastrophenalarm ausgelöst hätte, wäre ich an einem bewohnten Ort aufgetaucht, aber ich hatte mein Ziel erreicht: Ich war bewaffnet, und zwar mit der Mistgabel. Auf den ersten Blick keine furchterregende Waffe, aber wer sie erst einmal im Bauch stecken hatte, würde das sicherlich anders sehen. Ich rannte zurück zur Eingangstür des dritten Gebäudes. Die Mistgabel wie eine Ritterlanze vor mich haltend trat ich ein und befand mich auf einem Gang, von dem mehrere Türen abzweigten. Auch von diesen stand eine offen. Langsam ging ich darauf zu. Niemand versuchte, es mit meiner Mistgabel aufzunehmen. Als ich in der offenen Tür stand, wurde klar, dass ich tatsächlich an der Backstube angekommen war. Der Raum, in den ich hinein-

blickte, war ausgestattet mit einem riesigen Backofen, einem langen und breiten Holztisch, ein paar Holzstühlen, einem großen Backtrog, mehreren Körben und diversen Geräten wie Brotschiebern und Ofengabeln. Beim Hineingehen schlug mir ein Hitzeschwall entgegen, und ich kam mir vor, als würde ich eine Sauna betreten oder ein tropisches Gewächshaus. Da auch noch ein starker Geruch von Verbranntem in der Luft hing, bedurfte es keiner intellektuellen Glanzleistung, um zu kombinieren, dass hier vor kurzem ein Feuerchen im Ofen angeschürt worden war, zumal die Ofentür noch offenstand und man im Innern kleine glühende Partikelchen erkennen konnte.

Ich bekam eine Gänsehaut, vor der jeder Igel vor Neid erblasst wäre. Ich brachte meine Mistgabel in Stellung und ging ganz langsam, Schritt für Schritt, auf den großen Tisch zu. Es befand sich zwar kein Mensch in der Backstube, der mich hätte angreifen können, aber auf dem Tisch lag etwas, das eventuell gefährlicher war als jeder Mensch. Vielleicht hatte ich zu viele schlechte Horrorfilme mit zu vielen schleimigen und bösartigen Aliens gesehen, aber das Ding auf dem Tisch sah aus der Entfernung genau so aus wie eines dieser Monster, und solange ich nicht wusste, was da nun wirklich auf dem Tisch lag, wollte ich lieber auf Nummer sicher gehen. Je näher ich kam, desto unwahrscheinlicher wurde die Alien-Theorie, doch was ich erkennen konnte, war nicht dazu angetan, mich zu beruhigen – ganz im Gegenteil. Als ich direkt am Tisch angekommen war, ließ ich vor Entsetzen meine Waffe fallen, und mein Mund stand so weit offen, dass man darin eine ganze Kleinstadt hätte verschwinden lassen können. Was da auf dem Tisch lag, sah doch wirklich und wahrhaftig aus wie ein – gebakkener Hund. Schweißperlen bildeten sich auf meiner Stirn, rannen über meine Wangen, tropften von meinem Kinn und schlugen Löcher in den Boden. Neben dem bizarren Backwerk lag ein Messer mit blutgetränkter Klinge. Ich ergriff es wie in Zeitlupe, schnitt vorsichtig in das groteske Gebilde auf dem Tisch, und löste langsam die gebackene Kruste vom Kopf ab. Atemlos begaffte ich das, was ich zutage förderte: Bei dem vermeintlichen Alien handelte es sich tatsächlich um die in eine dicke Teigschicht eingebackene Leiche des Hofhundes. Das Tier war getötet und dann mit Teig ummantelt in den brennenden Ofen geschoben worden, und das Ergebnis dieser perversen Aktion lag nun vor mir auf dem Tisch. Der Täter hatte mal wieder kräftig von Wilhelm Busch abgekupfert und auch diesen Streich von ›Max und Moritz‹ leicht abgewandelt nachgespielt. Wobei ›nachgespielt‹ definitiv der falsche Ausdruck war – diese Sache war schon lange kein Spiel mehr. Aus dem Spaß der ›Max und Moritz‹-Erzählung war blutiger Ernst, aus den harmlosen Streichen der literarischen Vorlage waren brutale Gewaltakte geworden. Aber der Täter betrachtete es vielleicht trotzdem weiterhin als Spiel, und wenn es ihm den Kick verschaffte, den sein krankes Hirn wahrscheinlich daraus zog, dann wollte er es sicher auch zu Ende spielen.

Zu Ende spielen ...

Das Spiel war noch nicht zu Ende – wie ein Faustschlag traf mich dieser Gedanke.

Ich ließ mich auf einen Stuhl sinken und betrachtete beinahe ungläubig das Buch, das ich immer noch in der Hand hielt.

An den Schluss von ›Max und Moritz‹ konnte ich mich nicht erinnern, obwohl ich das Buch als Kind natürlich irgendwann einmal gelesen hatte.

Aber mir war klar, dass es kein guter war.

Meine Hände zitterten wie Espenlaub, und meine Finger waren so klamm wie die eines Zombies, als ich das Buch aufschlug, um das letzte Kapitel von ›Max und Moritz‹ zu lesen.

LETZTER STREICH

Max und Moritz, wehe euch!
Jetzt kommt euer letzter Streich! –

Wozu müssen auch die beiden
Löcher in die Säcke schneiden? –

– Seht, da trägt der Bauer Mecke
Einen seiner Maltersäcke. –

Aber kaum daß er von hinnen,
Fängt das Korn schon an zu rinnen.

Und verwundert steht und spricht er:
»Zapperment! Dat Ding werd lichter!«

Hei! Da sieht er voller Freude
Max und Moritz im Getreide.

Rabs! – in seinen großen Sack
Schaufelt er das Lumpenpack.

Max und Moritz wird es schwüle,
Denn nun geht es nach der Mühle. –

»Meister Müller, he, heran!
Mahl er das, so schnell er kann!«

»Her damit!« – Und in den Trichter
Schüttelt er die Bösewichter. –

Rickeracke! Rickeracke!
Geht die Mühle mit Geknacke.

Hier kann man sie noch erblicken
Fein geschrotet und in Stücken.

Doch sogleich verzehret sie

Meister Müllers Federvieh.

Es fällt schwer, zu beschreiben, was ich fühlte, als ich das Buch zuklappte und neben die gebackene Hundeleiche auf den Tisch warf. Der Moment, in dem es einem wie Schuppen von den Augen fällt, in dem einem plötzlich bewusst wird, dass man die ganze Zeit völlig im Irrtum und total auf dem Holzweg war, in dem der Nebel, der einem bisher die Sicht versperrt hat, mit einem Mal verschwindet wie ein Theatervorhang, der ruckartig hochgezogen wird, ist ein schrecklich-schauriger und lässt einem das Blut in den Adern gefrieren. Mein Blut war in diesem Moment so gefroren wie Packeis am Nordpol, denn mir war beim Lesen dieses letzten Streiches schlagartig die ganze Wahrheit klar geworden.

Wie gesagt, hatte ich ›Max und Moritz‹, wie jeder andere Erwachsene auch, als Kind gelesen, und meine Erinnerung daran war, wie bei jedem anderen Erwachsenen auch, die an ein lustiges Kinderbuch, in dem zwei böse Kinder armen Erwachsenen fiese Streiche spielen und dafür ihre gerechte Strafe erhalten.

So kann man sich täuschen.

Jetzt wusste ich es besser. In Wirklichkeit ging es in ›Max und Moritz‹ um die grausame Ermordung zweier harmloser Lausbuben durch bösartige und sadistische Erwachsene.

Wenn man Wilhelm Buschs Buch als Erwachsener las, änderte sich der Blickwinkel komplett, und man erkannte den wahren Charakter seines Werkes. Es war nämlich im Prinzip gar kein Kinderbuch. Es war milde ausgedrückt eine bitterböse Satire, und im Klartext gesprochen, war es nichts anderes als eine aufwühlende Anklage an die unmenschliche Behandlung, mit der egoistische und psychotische Erwachsene die schwäch-

sten Mitglieder der Gesellschaft quälten – die Kinder.
Erwachsene, die Kinder unmenschlich behandeln ...
Damit war alles glasklar.
Und wahrscheinlich alles zu spät.
Nichtsdestotrotz tat ich, was ich tun musste, um zu retten, was vielleicht noch zu retten war.
Ich rannte wie von tausend Teufeln gehetzt zur Mühle.

Am Flussufer entlang rannte ich auf das Haus zu, dessen Umrisse sich in der Ferne abzeichneten und bei dem es sich um die Mühle handeln musste. Ich sah dabei nichts anderes als endlose Felder diesseits und endlose Wälder jenseits des Flusses, und irgendwie fühlte ich mich wie der letzte Mensch auf der Erde, der nach irgendeiner atomaren Katastrophe als einziger Überlebender übriggeblieben war. Schließlich erreichte ich, völlig außer Atem, die Mühle.
Die Mühle war äußerlich ein kleiner, windschiefer, völlig verfallener Steinbau, der sich auch hervorragend als Hexenhäuschen geeignet hätte. Das Haus stand direkt am Fluss, und natürlich hing in den Fluss hinein ein hölzernes Mühlrad, das durch das fließende Wasser gedreht wurde. Es war nicht besonders groß und klapperte relativ leise vor sich hin, doch in dem Moment kam es mir imposanter und gewaltiger vor als das Riesenrad auf dem Volksfest einer Millionenstadt, und das Klappern klang lauter in meinem Kopf als ein Presslufthammer, der direkt auf meiner Schädeldecke herumbohrte. Aber ich hatte gar keine Zeit, mich ausführlicher der Besichtigung des Mühlrads zu widmen, sondern stürzte sofort auf die Eingangstür an der gegenüberliegenden Hausseite zu. Ich riss die Tür auf, stolperte über eine Stufe und knallte auf den Bretterboden des Innenraums der Mühle. Nachdem ich mich wieder hochgerappelt

hatte, versuchte ich mich an die düsteren Lichtverhältnisse zu gewöhnen, bei denen man kaum die Hand vor dem Gesicht erkennen konnte.

Zentrale Ausstattung des Raumes war eine Art Podest, zu dem eine Treppe führte. Oben auf dem Podestboden lag ein gigantischer kreisrunder Stein, etwa von der Größe eines Traktorreifens, und auf ihm ein zweiter, fast genauso großer, der mit einem Gehäuse ummantelt war. Ganz oben auf den Steinen befand sich ein Trichter, zu dem vom Podestboden ebenfalls eine mehrstufige Treppe führte. Vom Seitenrand der beiden Steine ging ein Rohr nach unten weg, das in einen Kasten mündete, der neben dem Aufgang zum Podest stand und in dem so etwas ähnliches wie ein Stoffbeutel hing. Unter dem Podest drehte sich um eine Achse ein Rad, das etwas kleiner war als das Wasserrad draußen, und das an der Außenseite eine Vielzahl von Zähnen hatte. Die Zähne bildeten ein Zahnrad mit einem Kolben, von dem eine Stange nach oben in die Mitte der Steine führte. Von den Steinen abgesehen war nahezu alles aus Holz: das Podest, die Treppen, das Gehäuse, der Trichter, das Rohr, das Rad. Die Luft in der Mühle war so staubig, dass kein Asthmatiker diesen Raum lebend verlassen hätte.

Ich hatte nicht die Zeit, großartig Mühlenkunde zu betreiben und die Funktionsweise der Mühle bis ins Detail zu erforschen, aber ich versuchte trotzdem, mir in aller Kürze darüber klar zu werden, was hier technisch ablief. Das Wasserrad, das draußen vom Flusswasser angetrieben wurde, war durch die Achse mit dem kleineren Rad innen verbunden und sorgte für dessen Bewegung. Über die Zähne und den Kolben wurde die Bewegung auf die Stange übertragen. Diese war mit dem oberen Mühlstein verbunden und sorgte dafür, dass er sich drehte. Wenn man nun Körner in den Trichter schüttete, fielen sie auf den unteren, festen, unbewegten Mühlstein, und der fast direkt auf ihm aufliegende obere Mühlstein zerrieb die Körner durch seine Drehbewegung. Das so zerquetschte Korn rutschte durch das Rohr in den Kasten, wo der Stoffbeutel die verbliebenen gröberen Teile aussiebte und nur das feine Mehl durchrieseln ließ.

Ich schielte hoch zum Holztrichter, und kalte Schauer jagten über meinen Rücken. Mich schreckte der Gedanke an das, was mir nun bevorstand, aber ich durfte nicht länger zögern. Ein Mann muss tun, was ein Mann tun muss. Und ich tat, was ich tun musste. Ich stieg zunächst die Treppe zum Podest hoch und dann weiter die zum Trichter.

Ich schwitzte wie ein Schwein, als ich mich über den Trichter beugte und vorsichtig in ihn hineinlugte.

Er war leer.

Mir fiel kein Stein vom Herzen, sondern ein ganzes Gebirge.

Gleichzeitig schimpfte ich mich selbst einen gottverdammten Narren. Was zum Teufel hatte ich erwartet? Hatte ich ernsthaft geglaubt, dass man hier in dieser Mühle jemanden nach ›Max und Moritz‹-Art getötet hatte? Wahrscheinlich hatte ich das tatsächlich angenommen. Aber spätestens jetzt, wo ich zum ersten Mal eine echte Mühle von innen sah, wusste ich, dass das, was Wilhelm Busch da beschrieben hatte, kompletter Unfug war. Der Tod von Max und Moritz war eine literarische Fiktion, eine schriftstellerische Fantasterei, die in der Realität technisch gar nicht möglich war. In den Trichter passte überhaupt kein Mensch, und darin getötet werden konnte er schon gleich gar nicht. Die Öffnung des oberen Mühlsteins, durch die das Korn aus dem Trichter fiel, war nur einige Zentimeter breit, und der

Spalt zwischen den beiden Mühlsteinen, in dem die Körner zerrieben wurden, nur einige Millimeter. In der Mühle konnte man Getreidekörner zu Schrot zermalmen und zu Mehl pulverisieren, aber auf keinen Fall ganze Menschen zu Gänsefutter zerkleinern.

Erleichtert drehte ich mich um, um den Rückweg anzutreten und wieder hinunterzusteigen.

Und blickte in eine Gewehrmündung.

Unten am Fuß der Treppe stand eine Person. In ihren Händen hielt sie ein Gewehr, dessen Lauf auf mich gerichtet war.

Die Person war – natürlich – die Tochter.

Dieses kleine, zierliche Wesen wirkte mit dem großen, bösen, gewalttätigen Gewehr in der Hand fast wie eine Witzfigur. Aber in ihrer Stimme lag nichts Witziges, sie war kalt wie Stahl.

»Bleiben Sie, wo Sie sind.«

Ich verharrte da, wo ich stand – auf der obersten Stufe der Treppe am Rand des Trichters. Ich befand mich in der denkbar ungünstigsten Situation: Hier oben hatte ich keinerlei Bewegungsspielraum und gab eine erstklassige Zielscheibe ab für eine vollkommen verrückte Halbwüchsige, die zu allem fähig war und der ich unbewaffnet gegenüberstand. Die einzige Waffe, die ich noch hatte, war die Sprache, und wenn ich meinen Arsch retten und eine blutige Familientragödie verhindern wollte, musste ich sie verdammt gut einsetzen.

»Wo sind deine Eltern?«

»Sie liegen im Getreidefeld.«

»Sind sie tot?«

»Nein. Nur bewusstlos.«

»Du hast sie unter einem Vorwand dorthin gelockt, nicht wahr?«

»Ja. Ich bin heute früh aufgestanden, als meine Eltern

noch geschlafen haben, habe mich aus ihrem Schlafzimmer geschlichen, bin auf den Hof gegangen, habe den Hund getötet und gebacken. Dann bin ich zurück ins Haus, habe die Tür zu Ihrem Zimmer abgeschlossen und meine Eltern geweckt. Ich habe ihnen gesagt, dass ich ihnen etwas Schreckliches zeigen müsste und sie in die Backstube geführt. Dann habe ich ihnen gesagt, dass ich gesehen hätte, wie der Detektiv den Täter ins Getreidefeld verfolgt hätte, und wir sind alle drei dorthin gerannt. Auf dem Feld habe ich die beiden dann mit dem Betäubungsgewehr meines Vaters schlafen geschickt.«

Mein Magen krampfte sich unwillkürlich zusammen. Eine furchtbare Vorahnung stieg in mir auf.

»Und was hast du jetzt als Nächstes vor?«

Sie zögerte einen Moment, als wäre ihr peinlich, was sie sagen würde.

»Zunächst muss ich leider auch Ihnen einen Betäubungsschuss verpassen, damit Sie mich nicht von dem abhalten können, was ich zu erledigen habe.«

Ich wollte die Antwort eigentlich lieber nicht hören, aber die nächste Frage musste ich natürlich trotzdem stellen.

»Und was hast du zu erledigen?«

Sie schloss kurz die Lider, als müsste sie sich vor ihrem inneren Auge erst noch einmal vergegenwärtigen, was sie vorhatte, und öffnete sie wieder.

»Ich muss das Getreidefeld abernten.«

Mein Herz schlug mir bis zum Hals.

»Das Feld, auf dem deine Eltern liegen.«

»Genau.«

Meine Stimme zitterte, als hätte sie Schüttellähmung.

»Und wie willst du es abernten?«

Ihre Stimme war so ruhig wie ein Friedhof.

»Mit dem Mähdrescher.«

Ihre Stimme war so kalt wie ein Leichnam.

»Und dann werde ich das, was ich geerntet habe, in den Trichter schütten und es mahlen lassen.«

Ihre Stimme war so scharf wie ein Seziermesser.

»Und dann macht es ›Rickeracke‹.«

Das Grauen kroch durch die Haut in meine Eingeweide wie ein unsichtbares Gift, das die Zunge und die Muskeln lähmte und die Atmung und den Herzschlag zum Stillstand brachte. Ich hatte mich getäuscht: Es gab eine Möglichkeit, das brutale Ende von ›Max und Moritz‹ zu kopieren – eine grausame Möglichkeit. Natürlich konnte man in den Trichter keinen ganzen Menschen stecken, aber alles, was von den riesigen Klingen des Mähdreschers zerschreddert worden war, war klein genug, um in den Trichter zu passen …

Okay. Alles klar. Ich musste dem Spuk jetzt so schnell wie möglich ein Ende bereiten. Ich musste die Tochter entwaffnen, und um das zu schaffen, musste ich erst einmal an sie herankommen. Vor allem musste ich Zeit gewinnen. Zeit, in der ich mich langsam auf sie zubewegen würde. Und sie in ein Gespräch verwickeln.

»Ja, dann macht es ›Rickeracke‹ – genau wie bei Wilhelm Busch.«

Ich setzte, während ich redete, vorsichtig und wie in Zeitlupe Fuß auf Fuß nach unten. Ich würde meinen Arsch darauf verwetten, dass noch nie in der Menschheitsgeschichte irgendjemand unauffälliger eine Treppe hinuntergestiegen ist als ich in dieser Situation.

»Du warst also diejenige, die die Streiche aus ›Max und Moritz‹ nachgespielt hat. Du bist gestern früh in den Hühnerstall gegangen und hast die vier Lieblingshühner deiner Mutter massakriert. Das sollte der Auftakt zu deiner Serie der sieben Streiche werden. Damit, dass deine Mutter gleich einen Privatdetektiv engagiert, hast du wahrscheinlich nicht gerechnet, und es hat dein Vorhaben erschwert, aber du hast es trotzdem irgendwie geschafft, deine komplette Inszenierung durchzuziehen. Obwohl mir etwas schleierhaft ist, wie du das alles hingekriegt hast – vor allem in der kurzen Zeit und in der richtigen Reihenfolge.«

»Es war gar nicht so schwer. Als ich zum Ausmisten in den Stall gegangen bin, habe ich die toten Hühner mitgenommen. Die Stützpfeiler der Brücke hatte ich schon vorgestern Abend mit einem Beil angehackt. Und die Holzscheite habe ich vorgestern präpariert, mit Pulver aus Patronen für das Jagdgewehr meines Vaters. Dass dann tatsächlich alles in der richtigen Reihenfolge eingetreten ist, war reiner Zufall.«

»Und die Mäuse und Ratten hast du auf dich selbst losgelassen, um dich als Opfer darzustellen und damit als Täterin unverdächtig zu machen.«

»Ja. Ich habe sie im Lauf der letzten Wochen eingefangen und in einem kleinen Nebenraum im Keller, wo die Eltern eigentlich nie hingehen, gefangen gehalten und sogar gefüttert. Gestern Abend, nachdem Sie und die Eltern in die Zimmer gegangen waren, bin ich schnell hinunter in den Keller, habe sie hochgeholt und in meinem Zimmer freigelassen. Eigentlich waren sie für meine Mutter gedacht. Sie hat panische Angst vor Mäusen und Ratten.«

Ich hatte den Abstieg vom Trichter geschafft und schlenderte so langsam und unspektakulär über den Podestboden auf die zweite Treppe zu wie eine Schnecke, die im Gemüsebeet über ein Salatblatt kroch.

»Alles, was du getan hast, war gegen deine Eltern gerichtet. Warum wolltest du ihnen wehtun?«

Sie schwieg. Ich konnte erkennen, dass ihre dürren Finger das Gewehr so fest und verkrampft umfassten, dass das Weiß ihrer Knöchel durch die Haut schimmerte. Es dauerte eine ganze Weile, bis sie sich dazu durchgerungen hatte, mir zu antworten, und als sie es tat, klang ihre Stimme nicht mehr wie die eines jungen Mädchens, sondern wie die einer uralten Greisin.

»Weil sie mir wehtun.«

Mir kam es vor, als ob plötzlich ein eisiger Polarwind durch den Raum wehte. Mich fröstelte so sehr, als hätte man mich nackt mitten in der sibirischen Schneewüste ausgesetzt. Ich wäre jede Wette eingegangen, dass der Fluss draußen zugefroren war und am Mühlendach Eiszapfen hingen.

»Wie tun sie dir weh?«

»Sie tun etwas mit mir, das ich nicht will. Etwas, das sie eigentlich nicht tun dürfen.«

Ich spürte einen Kloß im Hals, der ungefähr so groß war wie das Mühlrad. Er drohte mir die Luft abzudrücken und mich zu ersticken, und ich schaffte es nur mit großer Mühe, die entscheidenden Worte aus meinem Hals zu pressen.

»Und was tun sie mit dir?«

Sie ließ das Gewehr sinken, zum ersten Mal seit sie sich mit mir unterhielt, und zum ersten Mal seit unserer Begegnung in der Mühle sah ich ihr Gesicht, ohne dass es größtenteils von einer angelegten Waffe verdeckt wurde. Ich kann den Ausdruck, der in diesem Moment auf ihrem Gesicht lag, nicht beschreiben, weil die Sprache ihre Grenzen hat und weil die existierenden Wörter oft zu banal, zu schwach, zu substanzlos sind, um gewisse Dinge auch nur annähernd ausdrücken zu können. Wenn der liebe Gott in diesem Moment in das Gesicht dieses Kindes geblickt hätte, hätte er sicherlich vor Enttäuschung geweint und seine ganze verdammte Schöpfung zum Teufel gejagt.

»Mein Vater trinkt am Abend oft zu viel Schnaps.«
Sie hielt kurz inne.
»Und manchmal kommt er dann nachts in mein Zimmer.«
Sie stockte.
»Und in mein Bett.«
Ihre Stimme schien den Dienst zu versagen, doch sie zwang sich, weiterzureden.
»Und meine Mutter weiß es. Sie lässt es zu.«
Sie verstummte, wie ein Schaf vor dem Scherer verstummt. Es herrschte jetzt Schweigen, und es wäre eine unerträgliche Stille in den Raum eingezogen, wenn nicht dieses ohrenbetäubend laute Geräusch gewesen wäre, das tosende, brüllende, anklagende Schreien der einzelnen Träne, die über ihre Wange kullerte.
Ich nahm einen langen, tiefen Atemzug und versuchte krampfhaft, nicht von den Emotionen überwältigt zu werden, die von mir Besitz zu ergreifen drohten, von der Ohnmacht, dem Unverständnis, dem Zorn, dem Hass. Ich hatte die Leiche im Keller gefunden, ich war ins Herz der Finsternis dieses verrotteten Hofes vorgedrungen, ich hatte das Innenleben dieser kranken, kaputten Familie seziert und war auf das hässliche Geschwür gestoßen, das darin wucherte. Das Böse war in diesen abgelegenen Ort eingefallen, hatte aufs Furchtbarste gewütet und sich der Seelen des Bauern und der Bäuerin bemächtigt. Doch ich musste versuchen, trotz allem einen klaren Kopf zu behalten, durfte mich nicht von Gefühlen leiten lassen, musste rational handeln, musste versuchen, wenigstens den Supergau, die totale Katastrophe zu verhindern.
Ich nickte.
»Und deshalb willst du deine Eltern jetzt töten.«
»Ja. Ich ertrage es nicht mehr.«
»Das verstehe ich.«

Ich hatte die zweite Treppe erreicht und stieg langsam, Stufe für Stufe, vom Podest herunter. Ich versuchte, dabei kein Aufsehen zu erregen und so zu tun, als wäre mein Abstieg die natürlichste Sache der Welt und ungefähr so normal und zwangsläufig wie das Untergehen der Sonne am Abend.

»Was ich aber nicht verstehe: warum eigentlich diese komische Serie mit den Streichen? Das hättest du dir doch einfacher machen können. Du hättest deine Eltern doch einfach so umbringen können, ohne diesen ›Max und Moritz‹-Firlefanz.«

»Ich wollte, dass sie leiden, bevor sie sterben. So wie ich leiden muss. Und dass sie Angst bekommen. Ich habe auch jeden Abend Angst davor, dass in der Nacht mein Vater kommt.«

Ich passierte die letzte Treppenstufe. Jetzt war ich zumindest auf einer Ebene mit der Tochter, doch sie stand noch einige Meter von mir entfernt, und das waren einige Meter zu viel. Ich musste mich vorsichtig und unmerklich Schritt für Schritt näher an sie heranschieben.

»Und wieso ausgerechnet ›Max und Moritz‹?«

»Bücher sind meine einzigen Freunde, und ›Max und Moritz‹ ist eines meiner Lieblingsbücher. Ich habe es schon hundertmal gelesen. Und die Erwachsenen darin erinnern mich stark an meine Eltern. Sie lieben Tiere und Dinge mehr als Kinder. Kinder hassen sie. Mein Vater hat seinen Hund mehr geliebt als mich, meine Mutter hat ihre Hühner mehr geliebt als mich. Ich war nur zum Arbeiten gut. Meine Eltern sind böse. Die Streiche von Max und Moritz richten sich gegen bösartige Erwachsene. Und das hat mich auf die Idee gebracht, es ihnen nachzumachen.«

»Aber die Geschichte von Max und Moritz geht nicht gut aus für die beiden. Ihre Streiche kosten ihnen am

Ende ihr Leben. Und wenn du jetzt das tust, was du vorhast, ist dein Leben damit auch zerstört.«

»Mein Leben würde zerstört werden, wenn ich das nicht tue, was ich vorhabe.«

»Nein, das stimmt nicht. Denn deine Eltern werden dir nie wieder ein Leid zufügen, weil jetzt jemand weiß, was sie dir antun – nämlich ich. Ich werde dafür sorgen, dass deine Eltern ins Gefängnis kommen, und dass du in eine andere Familie kommst, in der man dich nicht quält und verletzt, sondern beschützt und liebt. Aber wenn du deine Eltern jetzt tötest, bringst du dich um diese Möglichkeit und machst deine Zukunft unwiderruflich kaputt.«

Sie überlegte. Einen Moment lang hatte ich das Gefühl, dass ich sie zur Aufgabe überredet hätte, denn sie wirkte plötzlich so hilflos und unsicher wie ein Kleinkind, das sich verlaufen hatte und froh war, einen Erwachsenen getroffen zu haben, der es an die Hand nehmen und nach Hause führen würde. Doch dann fiel die Mimik des unschuldigen Kindes wie eine Maske von ihr ab, und in ihr Gesicht traten wieder die harten Züge einer Erwachsenen, die man um ihre Kindheit betrogen hatte.

»Ich habe doch sowieso keine Zukunft.«

Sie legte das Gewehr an, zielte und drückte ab.

Hätte sie ohne das Anlegen und das Zielen geschossen, hätte ich keine Chance gehabt und wäre erledigt gewesen. So aber schenkte sie mir die eine Zehntelsekunde, die ich brauchte, um rechtzeitig nach unten abzutauchen. Das Geschoss donnerte haarscharf über meinen Kopf hinweg. Ich spüre seinen Luftzug heute noch.

Ich war eigentlich noch nicht so nahe an ihr dran gewesen, wie ich es gerne gehabt hätte, um mich mit Aussicht auf Erfolg auf sie stürzen zu können. Doch das

Leben ist nun mal kein Wunschkonzert, und jetzt blieb mir gar keine andere Wahl. Mit einem Hechtsprung warf ich mich in Richtung der Tochter. Ich war natürlich zu weit weg, um ihren Oberkörper zu erwischen und sie umreißen zu können, und ich landete genau vor ihren Füßen – aber zum Glück wenigstens so knapp davor, dass es mir gelang, mit meinen ausgestreckten Armen ihre Füße zu treffen. Es zog ihr die Beine weg, und sie fiel unsanft hin. Beim Aufprall verlor sie das Gewehr, das polternd ein Stück von uns beiden entfernt auf dem Boden landete.

Damit war mein Plan perfekt aufgegangen. Ich hatte die Tochter zu Boden gerissen und sie dabei entwaffnet, jetzt musste ich mir nur noch das Gewehr schnappen, und ich hatte die Lage voll im Griff.

Soweit die Theorie.

In der Praxis hatte der Plan einen klitzekleinen Schönheitsfehler: Bevor ich mich auch nur halbwegs aufgerappelt hatte, war die Tochter schon längst wieder auf den Beinen und hatte sich das verlorene Gewehr zurückgeholt.

Sie legte erneut auf mich an, und ich sah, wie sich ihr Finger auf dem Abzug langsam krümmte. Ich war viel zu weit weg von ihr, um sie noch einmal mit einem Sprung erreichen zu können.

Ich war verloren.

Es war nur eine Verzweiflungsgeste, dass ich mit dem Arm in den Kasten neben mir griff. Den Kasten, in den das Endprodukt des Mahlvorgangs geleitet wurde …

Ich schickte ein Stoßgebet zum Himmel. Wenn es einen Gott gab, würde er dafür sorgen, dass sich in dem Kasten Mehl befand.

Meine Hand tauchte in eine staubige Masse ein. Es gab einen Gott.

Ich schleuderte das, was auf meiner Hand lag, mit maximaler Wucht auf das Mädchen. Die Mehlladung landete direkt in ihrem Gesicht. Sie schloss Augen und Mund nicht schnell genug, und damit hatte ich sie.

Sie ließ das Gewehr fallen, schlug die Hände vors Gesicht und versuchte krampfhaft, das pulvrige Zeug wieder aus ihren Augen herauszureiben. Das allein hätte schon genügt, sie kampfunfähig zu machen, aber da sie auch noch von einem krampfartigen Hustenanfall geschüttelt wurde, konnte ich so gemütlich wie bei einem Sonntagsnachmittagsspaziergang im Park zu ihr hinschlendern und in aller Seelenruhe das Gewehr aufheben. Ich ging zu einem der kleinen Fenster im Raum, öffnete es und warf die Waffe in den Fluss, damit niemand mehr Unfug damit anrichten konnte. Dann ging ich zurück und ließ mich erschöpft auf die Treppe sinken. Ich fühlte mich ausgebrannter als ein Hundertjähriger.

Die Tochter brauchte noch eine Weile, bis sie sich von der Mehlattacke halbwegs erholt hatte. Nachdem sie sich fast die Augen aus dem Kopf gerieben und die Lunge aus dem Brustkorb gehustet hatte und endlich zur Ruhe kam, schaute sie sich unsicher um. Als sie mich auf der Treppe sitzend erspähte, wurde ihr wohl klar, dass ihr Spiel zu Ende war.

Sie ließ sich langsam auf die Knie sinken und warf mir einen langen resignierten Blick zu.

Ich habe nie wieder einen traurigeren Blick gesehen.

Dann vergrub sie ihr Gesicht in den Händen, ließ sich auf den Boden fallen und begann zu weinen.

Ich ging zu ihr hin, kniete mich neben sie und legte ganz vorsichtig meine Hand auf ihr Haar, als würde ich etwas anfassen, das bei der geringsten Berührung zerbrechen könnte. Sie schlug meine Hand nicht weg. Dann kniete ich eine Weile einfach nur schweigend da. Als ihr

Weinen irgendwann nachließ und sie schließlich nur noch stumm dalag, hob ich sie behutsam vom Boden auf und trug sie aus der Mühle zurück ins Haus. Sie ließ es geschehen, ohne sich zu bewegen und ohne ein Wort zu sagen.

Als wir in der verwüsteten Stube angekommen waren, legte ich sie auf die alte Ledercouch. Sie krümmte sich zusammen wie ein Embryo im Mutterleib. Sie hatte die Augen geschlossen, aber ich nahm an, dass sie hören konnte, was ich zu ihr sagte.

»Ich rufe jetzt die Polizei. Es wird alles gut werden für dich.«

Das Erste tat ich wirklich.

Das Zweite habe ich nie erfahren, aber wahrscheinlich war es gelogen.

Ich ging zu meinem Wagen, wählte mit dem Autotelefon die Notfallnummer und sagte mein Sprüchlein auf. Ich fügte hinzu, dass die Brücke zum Unfallort defekt sei, dass zwei mit einem Betäubungsgewehr niedergeschossene Erwachsene behandelt werden mussten, und dass für ein misshandeltes Kind psychologische Betreuung und eine geeignete Unterbringung benötigt würde.

Sie kamen mit einem Großaufgebot an Menschen und Material. Der Katastrophenschutz sorgte für die provisorische Brücke, die Ärzte kümmerten sich um die Familienmitglieder, und die Polizisten hörten sich meine Geschichte an. Ich erzählte ihnen alles so, wie es sich zugetragen hatte; was das Mädchen mit seinen Eltern vorgehabt hatte, ließ ich unerwähnt. Gegen Mittag war alles geregelt: Die Eltern wurden in ein Krankenhaus gefahren und als Straftäter unter Polizeibewachung gestellt, die Tochter wurde in eine spezielle Einrichtung gebracht, in der ausschließlich traumatisierte Kinder und Jugendliche betreut wurden.

Ich unterschrieb meine Aussage, die ein Polizeibeamter protokolliert hatte, und durfte verschwinden. Dann ging ich zu meinem Wagen und verließ den Einsiedlerhof. Ich sah mich nicht mehr um.

Während ich zurück in die Stadt fuhr, kam mir das Gefühl wieder in den Sinn, das mich bei der Hinfahrt beschlichen hatte, und mir wurde bewusst, dass ich tatsächlich ans Ende der Welt gefahren war – denn dort, wo Kinder von ihren eigenen Eltern missbraucht und vergewaltigt wurden, war die Welt wahrlich völlig am Ende.

Als man dies im Dorf erfuhr,
War von Trauer keine Spur. –
– Witwe Bolte, mild und weich,
Sprach : »Sieh an, ich dacht es gleich!« –
– »Ja ja ja« rief Meister Böck –
»Bosheit ist kein Lebenszweck!« –
– Drauf so sprach Herr Lehrer Lämpel:
»Dies ist wieder ein Exempel!« –
– »Freilich!« meint der Zuckerbäcker –
»Warum ist der Mensch so lecker?!« –
– Selbst der gute Onkel Fritze
Sprach: »Das kommt von dumme Witze!« –
– Doch der brave Bauersmann
Dachte: »Wat geiht meck dat an?!« –
– Kurz, im ganzen Ort herum
Ging ein freudiges Gebrumm:
»Gott sei Dank! Nun ist's vorbei
Mit der Übeltäterei!«

(Wilhelm Busch: ›Max und Moritz‹)

Wilhelm Busch

Kriminalromane von vmn

Josef Rauch
Der Fall Urbas

Philipp Marlein erhält von der Mutter eines ermordeten 18-Jährigen den Auftrag, den Täter zu finden. Da der Ehemann den Mord bereits gestanden hat, hält das der Detektiv für ziemlich sinnlos. Dennoch nimmt er den Auftrag wegen des Honorars an und findet schnell Hinweise, die die Skepsis seiner Klientin rechtfertigen. Ein Lokalkrimi mit viel fränkischem Esprit sowie detailgenauen Beschreibungen.
192 Seiten, 9,90 €, ISBN 978-3-940168-22-1

Peter Ritter
Bullen-Blues

Eine Studentin hat keine Chance, als sie beim Joggen im Hainpark ihrem Mörder in die Arme läuft. Der Täter ist perfekt vorbereitet und hinterlässt praktisch keine Spuren. Der Fall ist keine Routine für die Hauptkommissare David Schreiber und Sophie Thiele, die in Bamberg ermitteln. Besonders Schreiber versucht, sich in den Mörder hinein zuversetzen, verfolgt ruhelos dessen Wege und taucht auf Spurensuche ins nächtliche Bamberg ein.
272 Seiten, 9,90 €, ISBN 978-3-940168-21-4

Fritz Deppert
Buttmei

In bester Erzähltradition lässt Fritz Deppert seinen Philipp Buttmei, einen pensionierten Kriminalkommissar, mit stoischer Gelassenheit in der beschaulichen Gegend Südhessens agieren.
200 Seiten, gebunden, 14,00 €, ISBN 978-3-940168-04-7

Matthias Fischer
Die Farben des Zorns

Drei Ärzte sind bereits einem Serienkiller zum Opfer gefallen, als ein Mord im Hexenturm entdeckt wird. Dr. Caspari versucht mit Pfarrerin Frank, einen weiteren Mord zu verhindern.
340 Seiten, geb., Schutzumschlag, 18,00 €,
ISBN 978-3-936622-78-2

Matthias Fischer
Tödliche Verwandlung

Zwei Menschen aus dem Umfeld der Hanauer Musikerin Tiziana werden ermordet, ihre Leichen seltsam inszeniert. Doch LKA-Hauptkommissar Caspari ahnt: Das war erst der Anfang.
Der zweite Fall von Dr. Caspari und Pfarrerin Frank.
416 Seiten, geb., Schutzumschlag, 19,00 €,
ISBN 978-3-940168-07-8

Rainer Witt
Kopfschuss

Nach dem Fund einer Frauenleiche kommt die SoKo Menschenhändlern auf die Spur.
312 Seiten, geb., Schutzumschlag, 17,00 €,
ISBN 978-3-936622-53-9

Rainer Witt
Drogenmann

Im zweiten Kriminalroman von hr-Moderator Rainer Witt wird der junge Darmstädter Zollfahnder Tim Bender in einen Strudel unvorhergesehener Ereignisse gerissen.
356 Seiten, geb., Schutzumschlag, 18,00 €,
ISBN 978-3-936622-87-4

Weitere Bücher und Hörbücher finden Sie in unserem Verlagsprogramm, das wir gerne kostenlos zusenden, oder auf unseren Internetseiten.

vmn
Verlag M. Naumann
Meisenweg 3   61130 Nidderau
Telefon 06187 22122   Telefax 06187 24902
E-Mail: info@vmn-naumann.de
Im Internet finden Sie uns unter: www.vmn-naumann.de